족구의 풍경

오수완 장편소설

위즈덤하우스

족구의 풍경

차례

1

바람 속에서 비 냄새가 났다. 멀리서 천둥이 낮게 울었다. 경기장에는 아무도 없었다. 신문지와 회전초가 굴러다닐 뿐이었다. 시간도 장소도 틀리지 않았다. 분명 약속 장소는 이곳이다. 가방을 바닥에 내려놓고 주머니에서 편지를 꺼냈다.

7월 22일 오후 4시
5번가 공터의 버려진 경기장

지옥을 볼 각오가 돼 있는가?

나쁘지 않은 시작이다. 바람 속에서 비 냄새가 난다고 한 첫 문장이 좋다. 그런데 '회전초'라고 쓴 부분이 거슬린다. 사람들이 알아볼까? 그렇다고 텀블위드라고 적을 수도 없잖아. 가시덤불은 어떨까. '가시덤불이 굴러다닌다.' 이것도 이상하다. 덤불은 굴러다니지 않으니까. 어쩔 수 없이 처음 그대로 '회전초'라고 놔두고 다음으로 넘어간다.

편지가 도착한 건 3주쯤 전이었다. 비서가 가져온 우편물 중 삐죽 혓바닥을 내민 검은 편지 봉투에 눈이 갔다. 봉투는 빨간 인장으로 봉인돼 있었다. 요즘 같은 세상에 이런 장식이라니, 싸구려 악취미를 가진 누군가의 조잡한 장난으로 보였다. 발신인은 없고 수신인은 나였다. 써니 엔터트로닉스 대표이사 신태양. 그리고 이름 옆에 GP라고 적혀 있었다. 마치 실수로 들어간 분류 기호처럼. 그러나 실수일 리 없었다. 다시 앞면으로 돌려서 자세히 봤다. 인장의 압인은 다시 보니 해골이었다. 해골은 내가 봉투를 뒤집어서 자신의 얼굴을 다시 들여다볼 줄 알았다는 듯 웃고 있었다.

　시간은 아직 13분이나 남았다. 시가를 꺼내 끝을 자르고 불을 붙였다. 연기는 달콤하면서도 씁쓸했고 태양과 먼지의 맛이 났다. 그건 오랜만에 돌아온 이 거리의 맛이기도 했다. 연기를 천천히 내뿜었다. 오래전 걸었던 이 거리의 뜨거운 열기, 이곳에서 싸웠던 상대들과 그들과의 절박했던 승부, 떠나간 영웅들과 사라진 동료들, 다시 돌아올 수 없는 날들, 그리고 그 모든 것을 냉혹하게 내려다보고 있던 태양이 떠올랐다 사라져갔다. 아무렴 어때. 이제 그날들은 모두 지나갔고 누구나 떠날 때가 있는 법이다. 다시 돌아올 때도 있는 법이고. 경기는 다시 시작되고, 그 경기가 끝나면 당연하다는 듯 누군가는 서 있고 누군가는 쓰러진다. 그뿐이다. 언제나 그랬듯 이번에도 쓰러지는 것은 나 아니면 상대겠지. 승부는 이 시가를 다 피우기 전에 끝날 것이다. 상대가 나처럼 애연가이기를 바랄 뿐이다. 만약 그가 쓰러진다면 늘 그랬듯 그의 입에 시가를 물려주고 떠나올 것이고, 내가 쓰러진다면 그가 내 입에 시가를 물려줄 것이다. 얼굴 너

머로 피어오르는 지상의 마지막 담배 연기…….

너무 멋을 부리고 있다. '만약 그가 쓰러진다면……' 이하의 문장을 지운다. 또 잠시 생각한 다음 '상대가 나처럼 애연가이기를……'도 지운다.

오래전 한두 번 죽음 언저리까지 간 적이 있었다. 그때는 죽음이 두렵지 않았고 내가 죽을 거라는 생각은 조금도 들지 않았다. 이제는 죽음이 두렵고 내가 죽지 않을 거라는 믿음이 터무니없다는 사실을 안다. 이런 승부는 피할 수 있다면 피하고 싶다. 그러나 피할 수 없다. 우리는 애초에 이렇게 태어났고 한번 이 길에 들어서면 결코 벗어날 수 없다. 결투 신청을 받고 도망가는 법을 우리는 결코 알지 못한다.

좋아. 이번 문단은 마음에 들고 고칠 부분이 없다. 그래도 언제까지나 이렇게 회상만 늘어놓을 수는 없다. 이제 뭔가 사건이 시작돼야 한다.

골목 끝에 한 남자가 나타났다. 그가 오늘의 상대이리라. 그런데 남자의 걸어오는 모습이 어딘가 이상했다. 결투장만을 보고 막연히 상상한 건 고양이처럼 유연한 등에 매처럼 날카로운 눈, 그리고 말처럼 튼튼한 다리를 가진 상대였는데, 이쪽을 향해 느릿느릿 걸어오는 남자는 허리가 조금 굽은 것 같고 아무리 봐도 분명 한쪽 다리를 조금 절고 있었다. 일부러 그런 척하는 게 아니라면 과연 저런 몸으로 경기를 할 수 있을지 의심스러울 정도였다. 안심해야 하는 걸까 아니면 실망해야 하는 걸까. 그러나 방심할 수는 없었다.

남자가 나를 향해 똑바로 걸어오며 손을 들었다. 나 역시 그를 향해 손을 들었다.

"헤이, 써니보이."

"앙드레."

우리는 손을 맞잡았다.

"못 보던 새에 신사가 다 됐군."

"당신은 조금도 변하지 않았군요."

"눈이 썩어 문드러졌군. 그 눈으로 면도는 제대로 할 수 있나?"

나는 대답하지 않았다. 앙드레의 입에서 독설이 터져 나올 참이었다. 옛날에는 이 독설을 어떻게 대했더라. 기억을 떠올리기도 전에 그가 말문을 열었다.

　"좋은 시계로군. 이런 걸 실제로 차고 다니는 사람은 처음 봤어. 아주 상류층 나리가 다 되셨군. 돈을 엄청나게 벌었다지? 자네는 예전부터 영리했어. 센스는 엉망이었지만. 이 반짝이는 코트는 뭐야? 차라리 양철로 옷을 해 입지 그래. 그리고 그 반지는 혹시 돋보기 대신인가? 눈이 어두우면 다이아몬드 대신 전등을 들고 다니라고. 아까 내 얼굴도 제대로 못 알아봤지? 어이쿠. 이게 뭐야? 자네의 예쁜 구두를 밟을 뻔했군. 이게 도대체 무슨 가죽인가? 송아지? 메추라기? 아니면 생쥐? 뭐로 만들었든 아가씨 발이 다 됐겠군. 혹시 발톱에 매니큐어도 칠한 건 아니겠지?"

　앙드레의 말이 끝나자마자 내 입에서 대답이 줄줄 쏟아져 나왔다.

　"잘 들어, 이 영감탱이야. 내가 당신을 못 알아본 건 당신이 내가 알던 앙드레인지 아니면 그 앙드레의 아버지인지 헷갈렸기 때문이야. 이제 그 다리로 서브는 할 수 있나? 의족은 아니겠지, 설마? 아니, 그보다 네트가 보이기는 해? 허리는 왜 이렇게 굽은 거야, 도대체? 혹시 등에 공이라도 숨겨둔 건가? 아, 공은 배 속에 숨겨둔 모양이군. 그러지 않고서야 이렇게 배가 불룩할 리 없지. 안 그래?"

앙드레가 이제는 반백이 된 콧수염을 움찔거리면서 끅끅대는 소리를 냈다. 그건 앙드레가 기분 좋을 때 내는 웃음소리였다.

"변하지 않았군, 써니보이."

"당신도, 앙드레."

"그런 소리는 농담으로라도 하지 마, 이 코흘리개야. 도대체 그런 입에 발린 헛소리는 어떻게 배운 건가?"

"아침에 일어나자마자 녹즙과 올리브유와 식초를 한 컵씩 마신 다음 세 시간 동안 명상 음악을 들으면서 요가를 하면 돼. 이걸 3개월만 하면 몸도 마음도 나처럼 나긋나긋해져서 이런 말이 저절로 입에서 나오게 돼. 건전한 시민이라면 이쯤은 상식이지."

앙드레는 다시 한번 끅끅대며 웃었다.

웃는 앙드레의 얼굴에는 마지막으로 봤을 때보다 주

름살이 몇 배로 늘어나 있었다. 얼핏 보니 이도 몇 개 없는 것 같았다. 나이는 얼마나 됐을까. 아마 예순 언저리이거나 그 이상?

이 거리에 처음 도착했을 때 나는 뭣도 모르는 풋내기였다. 누구든 시비가 붙으면 박살을 내버리겠다는 생각으로 온몸에 고압 전류를 두른 채 지나치는 사람들을 노려보던 시절이었다. 그리고 앙드레는 많은 이들에게 존경과 인정을 받는, 그러나 이미 전성기를 한참 지나고 있는 베테랑이었다. 내 기억이 맞는다면 그는 나보다 스무 살쯤 더 나이가 많을 것이다. 앙드레는 내게 돈으로 셀 수 없을 만큼 값진 조언들을 해줬다. 쓸데없는 말썽을 막아준 적도 여러 번이었다. 이 거리가 학교라면 앙드레는 나의 선생님이었다. 그러다 그가 어느 날 갑자기 사라져버렸다. 이 거리에서 사람이 사라질 때면 언제나 그렇듯 어느 날 갑자기. 20년도 더 지난 일이다. 그는 그때 왜 갑자기 사라져버렸던 걸까. 그리고 왜 이제 와서 갑자기 나타난 걸까. 그동안 무슨 일이 있었던 걸까. 그리고 왜 내게 결투장을 보낸 걸까.

무엇부터 물어봐야 할지 몰라서 질문을 떠올리고 있

는데 앙드레가 주머니에서 검은 봉투를 꺼내 흔들어 보였다.

"왜 내게 결투장을 보낸 건가? 내가 있는 곳은 어떻게 알았고?"

"뭐? 난 당신이 보낸 줄 알았는데."

"이상한 일이군. 자네도 나도 아니라면 도대체 누구지? 귀신이 보냈을 리도 없고."

그때 어디선가 목소리가 들려왔다.

"나는 보내지 않았어."

앙드레와 나는 동시에 목소리가 들리는 쪽으로 고개를 돌렸다. 그곳엔 검은 코트를 입은 남자가 어깨까지 내려오는 긴 머리를 휘날리며 서 있었다.

"너는……!"

"오랜만이군, 앙드레. 그리고 써니보이."

잠깐 멈춘다. 생각지도 못했던 인물이 등장했다. 이 녀석은 누구일까. 그런데 두 등장인물은 그를 아는 모양이다. 등장인물은 아는데 작가는 모르는, 이런 녀석이 이야기에 나와도 좋은 걸까. 아무 계획 없이 쓰기 시작했다지만 처음부터 이런 전개라니.

　뭐 상관없지 않을까. 솔직히 말하자면 이미 나온 두 인물들에 대해서도 아무것도 모르기는 마찬가지니까. 중요한 것은 애초에 무엇을 쓰고자 했는지를 잊지 않으려 노력하는 것뿐. 실제로 쓰게 되는 것이 최초의 생각과 달라진다 하더라도 어쩔 수 없다. 그런 일은 언제든 생기기 마련이다. 어쨌든 계속 써보기로 한다.

　그놈이다. 나도 모르게 심장이 쿵쾅거리기 시작했다. 담배 연기가 꼭 다문 이빨 사이로 새어 나갔다.

　"아직 죽지 않고 살아 있다니. 둘 다 명이 참 길군."

　놈이 꼼짝도 하지 않고 말했다.

　"고맙군. 아직 살아 있어줘서. 너를 이렇게 만나다니, 나는 참 운이 좋아."

　내가 나서며 말했다.

　"그래. 너는 운이 좋아. 나를 피한 덕에 그동안 멀쩡한 몸으로 살아올 수 있었으니까."

　몇 줄 적지 않았는데도 '귀신'이라고 불린 이 인물이

마음에 든다. 무덤에서 걸어 나온 것 같은 용모하며 뻣뻣한 태도도. 분명 귀신같은 실력을 가졌겠지. 좋아. 굉장한 캐릭터가 될 것 같다. 하지만 이름은 고쳐야겠다. 귀신이라니. 더 악의적이고 신비로워 보이는 이름이 있을 텐데. 데몬. 데블. 고스트. 디아블로. 유령. 악마. 도깨비. 팬텀. 미라지. 쓰다 보니 외래어가 많이 나온다. 어쩔 수 없지. 식인종. 맨이터. 좀비. 비스트……. 그중 제일 나은 팬텀으로 하자.

귀신. 혹은 팬텀. 놈의 진짜 이름은 모른다. 놈은 자신을 이긴 상대에게만 자기 이름을 알려준다고 들었다. 그러나 그에게 이기기는커녕 그와 끝까지 싸우고 무사했던 상대는 없었다. 죽음이 두려워서 처음부터 경기를 포기한 자는 차라리 죽는 게 나을 치욕을 겪고서야 경기장을 떠날 수 있었다. 그러므로 팬텀과 상대하고 무사히 경기장을 빠져나갈 수 있는 경우는 두 가지밖에 없었다. 그에게 이기거나, 어떤 행운 때문에 경기가 중단되거나. 첫 번째는 예가 없었다. 두 번째 경우는 바로 나였다. 우리의 대결은 경기 중 갑자기 뛰어든 트럭 때문에 중단됐다. 만약 경기가 계속됐다면 결과는 어땠을까.

　트럭을 몰고 온 내 친구는 경기장 담벼락에 차를 들이받다가 다리를 다쳤고 상처는 쉽게 낫지 않았다. 그러나 다리를 다쳤다는 사실은 그가 팬텀의 결투 신청을 피할 이유가 되지 못했다. 그는 정상적인 시합을 할 수 없었는데도 불구하고 경기장에 나섰다. 그날 팬텀은 자신이 상대를 얼마나 철저하게 파괴할 수 있는지 보여주려고 작정한 것 같았고 실제로도 그렇게 했다.

　"팬텀. 네가 여기에는 웬일이지?"

　앙드레가 물었다.

　"편지 때문이지."

　팬텀이 이렇게 말하며 주머니에서 편지를 꺼내 보였다.

　"당신들도 나와 같은 편지를 받았지? 누군가 흥미로운 장난을 하는 모양이군."

　"그게 누구인지 궁금하겠군?"

　내가 물었다.

　"물론 궁금하지."

　"나도 궁금해. 그게 아주 미칠 듯이 궁금해. 하지만 우리 둘 중 하나는 그걸 몰라도 될 것 같아. 안 그래?"

"무슨 뜻이지? ……혹시 지금 내게 시합을 신청하는 건가? 머릿기름을 너무 많이 바른 거 아냐? 기름이 뇌에도 스며들어서 그때의 일은 깨끗이 잊었나 보지?"

"한순간도 잊은 적 없지. 세트스코어 2대 1. 네가 이기고 있었지. 4세트 스코어는 11대 8로 네가 앞서고 있었고. 내가 서브할 차례였지. 어쨌든 재대결을 하려고 결투장을 보내려 했을 땐 너를 어디에서도 찾을 수 없었어. 다들 네가 해외로 내뺐다고 하더군."

"내가 외국에 나간 건……."

"듣고 싶지 않아. 들을 필요도 없고. 설마 옛날이야기나 하자고 여기에 온 건 아니겠지. 끝나지 않은 경기가 있다면, 우리는 애초에 말 같은 건 필요하지 않았어."

팬텀이 순간 멈칫하더니 천천히 경기장으로 걸어 나왔다.

"비겁한 도망자치고는 제법 그럴듯한 말을 하는군. 좋아. 시합을 계속하지. 그 담배를 당장 끄는 게 좋을 거야."

"신경 꺼. 이 담배가 꺼지기 전에 승부를 내주지."

"써니보이. 시합을 하려면 당장 신발을 갈아 신어야

할 거다."

옆에서 앙드레가 말을 거들었다.

나는 가방에서 만약의 경우를 위해 준비한 공을 꺼냈다. 팬텀은 이미 반대쪽 코트를 향해 걸어가고 있었다. 앙드레는 자연스레 네트 끝의 심판석으로 갔다.

나는 공을 들고 바닥에 두어 번 튕겼다. 구두 안에서 발가락이 불타는 느낌이 들었다.

그때 타이어 미끄러지는 소리가 나더니 헤드라이트 불빛이 어두워지려는 경기장을 향해 쏟아져 들어왔다. 곧이어 몇 대의 검은색 세단이 경기장을 감싸며 섰다. 차에서 양복을 입은 남자들이 내리더니 작은 경기장을 빈틈없이 에워쌌다. 입구만 빼놓고. 잠시 후 그 앞에 최고급 세단이 천천히 다가와 서더니 앞문으로 덩치 큰 남자가 내렸다. 남자가 뒷좌석 쪽으로 다가가 문을 열자 온몸에 모피를 두른 여자가 기다란 다리를 뽐내며 내렸다.

"남자들이란."

막 시합이 시작되려는 경기장 한가운데로 걸어 들어오며 여자가 우리에게 던진 첫마디였다.

여기까지 적어두고 한숨 돌리며 내용을 되짚어본다. 익명의 발신자에게서 온 편지를 받아 들고 공터에 모인 왕년의 베테랑들. 그들이 벌이려는 건 목숨이 걸린 시합이다. 그들에게는 각자 사연이 있어 보인다. 그리고 그들을 불러 모은 건 막강한 힘을 가진 여자다. 주인공은 거의 모인 것 같은데. 한 명 정도 더 등장시켜도 되겠지. 이제 이들은 뭘 하게 될까.

족구겠지. 달리 뭐가 있겠어.

2

내 책 중에는 표지에 '圖解足球實戰練習도해족구실전연습'
이라고 한자 제목이 박힌 누런 표지의 문고본이 한 권 있
다. 도장이 찍힌 판권면에 나오는 발행일은 1976년 3월이
다. 나는 휘경동의 헌책방에 철 지난 문예지를 사러 갔다
가 『주말의 가정 요리 300선』 밑에서 이 책을 발견했다.

무슨 체육협회의 이사가 붙인 고루한 추천사와 그만
큼 고리타분한 지은이의 머리말에 이어서 간추린 족구
의 역사와 개론이 이어진다. 본문의 기술 편에는 이소룡의 절권도 교본을 연상시키는 고색창연한 일러스트와 함께 기술에 대한 설명이 실려 있다. '토쓰'를 올릴 때는 발을 지면과 30도로 하라는 설명과 함께 까까머리에 반바지를 입은 남자가 엉거주춤한 자세로 한쪽 발을 들고 있는 식이다. 공격 기술 편에는 '로-링' 스파이크가 숙련자를 위한 기술로 나오고, 타격 지점에 변화를 줘서 공의 방향을 바꾸는 것을 최고급 기술로 분류한 것으로 보아 당시의 족구가 얼마나 단순했는지 알 수 있다. 현대 족구의 초기 모습을 알아볼 수 있다는 점 외에도 내가 이 별 볼 일 없는 책을 애지중지하는 건 이 책의 부언 편에 있는 몇몇 이야기들 때문이다. 그중에서 가장 좋아하는 건 '최초의 구장'에 대한 이야기다. 여기 옮겨보겠다.

現代足球현대족구가 何然하연하여 誕生탄생하였는가에 對대하여 또 다른 이야기가 있으니 이 자리를 빌려 紹介소개해둔다. 某年某月모년모월에 某處모처에서 五大洋오대양과 六大洲육대주를 대표하는 善男善女선남선녀가 모여 四海사해의 安寧안녕과 萬民만민의 壽福수복을 爲위하야 平平평평한

方形地방형지를 擇택해 整地정지하고 四人사인은 東便동편이요 또 四人사인은 西便서편으로 가른 뒤 나머지 三人삼인은 各各각각 審判심판이 되니 합이 十一人십일인이라. 어른 머리보다는 작고 갓난아기 머리보다는 큰 공을 서로 차 넘기며 즐겁게 戲弄희롱하니 마침 이날을 記念기념해 足球족구의 날로 정하고 바닥에 '愛情애정과 平和평화의 足球족구'라는 말을 各各각각의 母國語모국어로 적어 後世후세에 길이 남기기를 約束약속하였다 하더라. 이는 筆者필자가 近間근간에 알게 된 日人일인 歷史家역사가 村上氏무라카미씨에게 傳전해 들은 바이니 그 眞僞與否진위여부는 讀者諸賢독자제현께서 판단할 바이다. 但只단지 筆者필자 亦是역시 이와 恰似흡사한 이야기를 仔細자세한 內幕내막을 밝히기 어려운 다른 經緯경위로 들었기에 적어도 '파스트 스타-디움'에 대한 이야기만은 信賴신뢰해도 좋을 줄로 안다.

1919년에 경남 함양에서 태어난 저자는 해방 전에는 영남청년족구단, 팔도족구회에서 활동했으며 혼란스러운 시기가 지난 후에는 대한족구회의 기술 이사직을 역임했다. 약력의 마지막 줄은 국방부 체육위원회 자문 위원이었다.

그가 이 책을 펴낸 1976년에는 용인자연농원이 문을 열었고 태권브이가 태어나 방방곡곡을 누볐고 포항 앞바다에서는 석유가 발견됐다. 몬트리올에서는 나디아 코마네치가 체조사상 최초로 만점을 받았고 중국에서는 저우언라이, 주더, 마오쩌둥이 차례로 세상을 떠났다. 그리고 내가 태어났다.

대단한 사실은 아니지만 그래도 말해두자면 나는 나중에 소설가가 됐다. 대단한 사실이 아닌 건 내가 대단한 소설가가 아니기 때문이다. 내 소설은 잘 팔리지도 않고 잘 읽히지도 않는다. 내가 소설가라는 사실에 연연하는 사람은 내가 알기로 세상에 나뿐이다. 사정은 가족도 마찬가지여서 형은 내가 소설을 쓴다는 걸 모르고 있고, 어머니는 내가 무얼 하든 아주 별나거나 위험한 일만 아니면 된다는 식이었다. 나는 둘을 이해할 수 있다. 형은 돈을 버느라 너무 바쁘기 때문이고, 어머니는 이미 형에게 한 번 배신을 당한 터라 이제 아들의 장래에는 기대를 갖지 않기로 결심하셨기 때문이리라.

프로 족구 리그가 시작된 건 1985년이지만 그 전부

터 족구는 고교 야구와 더불어 국민이 가장 사랑하는 스포츠였다. 족구 선수는 어린이는 물론이고 어른들에게도 우상이었다. 희고 갸름한 얼굴의 그들이 길고 튼튼한 다리로 번개 같은 공격을 네트 반대편에 꽂아 넣을 때마다 TV 앞의 우리는 열광했다. 열기가 정점에 달한 것은 1988년 서울 올림픽에서 은메달을 땄을 때였다. 이때의 대표 선수들은 심지어 후보조차 타 종목의 금메달리스트보다 더 영웅 대접을 받았다. 족구 선수가 된다는 것이 단순히 족구를 잘한다는 것 그 이상이라는 건 나와 같은 꼬마에게도 분명해 보였다. 그래서 난 늘 형이 족구 선수가 돼서 부모님의 말씀대로 '집안을 일으킬' 거라고 믿었다.

형과 나는 어려서부터 같이 족구를 했다. 두 살 위인 형은 족구를 꽤 잘했는데, 특별히 천재적 재능을 타고난 것은 아니었지만 날마다 기본기를 연습해 차곡차곡 실력을 쌓아나갔다. 형이 하는 족구는 형의 성격을 닮아서 성실하고 진지하고 재미가 없었다. 반면에 나는 그런 형을 어떻게든 이겨보려고 늘 조금 이상하고 화려한 기술을 쓰려고 했다. 그러나 형을 단 한 세트라도 이기는 건 갈수록 어려워졌고 언제부터인가는 거의 불가능해졌다.

형은 중학교에 들어간 뒤로 아예 족구부에 가입하더니 실력이 쭉쭉 늘었다. 고등학교에 들어가서는 부쩍 키가 자라서 족구에 어울리는 호리호리한 몸이 됐다. 전국대회에 나가 우승도 한 번 했다. 형은 족구 특기생으로 대학에 갔다. 내게는 비밀로 했지만 난 부모님이 형을 대학에 보내기 위해 감독에게 꽤 많은 돈을 준 것을 알고 있다. 그런데 형은 2학년이 되자 갑자기 족구를 포기하겠다고 선언하더니 학비를 끊겠다는 부모님의 엄포에도 아랑곳하지 않고 족구 특기생이라면 학적만 올려두기 마련인 학과의 수업을 열심히 듣기 시작했다. 형은 경제학과를 다니고 있었다.

이제 와서 생각하면 형은 족구를 포기하기를 잘했다. 실력이 한참 떨어지는 내가 할 말은 아니지만 형에게는 위대한 선수가 될 자질이 보이지 않았다. 물론 족구를 아주 잘하기는 했다. 나는 지금까지 형보다 더 족구를 잘하는 사람을 세 명 정도밖에 보지 못했는데 그들 모두 프로이거나 프로였거나 장차 프로가 될 사람이었다.

그러나 그들 중에도 형처럼 모든 포지션을 골고루 소화해낼 수 있는 사람은 없었다. 형은 재능도 있었고 기본기도 잘 갖추고 있어서 어느 팀에 가든 충분히 역할을 해냈을 것이다. 그러나 그 정도 재능과 실력이 있는 선수는 프로는 물론이고 대학 팀에도 있을 것이다. 게다가 현대 족구는 만능 선수를 선호하지 않는다. 개성도 없이 기본기만 탄탄한 선수를 무엇 하러 팀에 들이겠는가. 어느 포지션에도 그보다 훨씬 잘할 수 있는 선수들이 몇 명이나 있는데.

무엇보다 형에게는 위대한 선수는 고사하고 평범한 선수라도 꼭 갖춰야 할 것이 결여되어 있었다. 난 거기에 대해 오래 생각해보고 그게 열정이라는 걸 알았다. 형은 열정 없이, 평온한 플레이를 침착하게 해냈다. 이기면 좋고 져도 그만이라는 식의 안정되고 심심한 플레이였다. 형이 족구 선수가 되기로 결심하고 매일 지루한 연습을 하기 전, 그러니까 우리가 아직 동네 골목에서 둘이서만 공을 차던 꼬마 시절에 형이 정말 재미있어했던 건 승패를 떠나 단조롭게 이어지는 랠리였다.

형은 졸업 후 바로 은행에 취업했다. 족구 선수 출신

이라는 이력이 유리하게 작용한 모양이었다. 그리고 나중에 외국계 보험회사로 자리를 옮겼다.

형에게 실망한 부모님은 내가 멀지 않은 대학에 원서를 넣었는데도 별로 관심이 없으셨다. 그저 합격한 뒤에야 이렇게 쉽게 합격할 거였으면 수학과 말고 다른 데를 썼으면 좋지 않았겠느냐고 한마디 하셨을 뿐이다. 다른 데 어디? 거기에 대해서는 나도 부모님도 할 말이 없었다. 부모님은 내 미래에 대해서는 그다지 생각해보신 적이 없는 것 같았다. 그건 나도 마찬가지였다.

강의가 있는 시간에는 강의를 듣고, 강의가 없는 시간에는 문리대 앞마당에서 족구를 하고, 족구를 같이 할 사람이 없거나 다른 패거리가 이미 자리를 차지하고 있을 때는 앞마당가의 벤치에 앉아 소설을 읽었다. 거기서 곧잘 마주치던 얼굴이 뽀얀 여자애가 하나 있었다. 도서관에 갔다가 그 여자애를 보고 말을 걸었다. 그 여자애는 국문과에 다녔다. 내 첫 번째 소설은 그 여자애를 위해, 그러니까 내가 족구나 하고 술이나 마시러 다니는 사람이 아니라는 걸 보여주기 위해 쓴 것이었다. 나는 그 소설을 여자애를 따라 들어간 소설 창작 시간에 썼는데 여자애는 웃으며 이야기가 너무 허무맹랑하지 않냐고, 왜 이런 소설을 썼느냐고 물었다. 나는 뭐라 대답할까 한참 생각하다 나도 모르겠다고, 쓰다 보니 저절로 그렇게 됐다고 대답했다.

나는 그 후로도 틈틈이 소설을 썼다. 여자애와 헤어진 뒤에도, 군대에 다녀오고 대학을 졸업한 후에도 계속. 운이 좋았던 건지 그렇게 쓴 소설 중 하나가 공모에 당선됐고 또 운이 좋아 책도 나왔다.

난 글에도 족구에도 재능이 없다. 글에 재능이 있었다면 당선되는 데 그렇게 오래 걸리지 않았을 것이다. 족구에 재능이 있었다면 진작 선수의 길을 걸었을 것이다. 공부에는 소질이 있었는가 하면 그렇지도 않았다. 어머니는 내가 형처럼 은행원이 되기를 바라셨지만 내가 대학을 졸업할 때쯤에는 수도권의 어중간한 대학의 수학과를 어중간한 성적으로 졸업한 정도로는 은행 같은 곳에 이력서를 내밀기조차 어려웠다. 그래도, 재능과 소질이 없어도, 여전히 나는 족구를 하고, 학교 다닐 때 아르바이트를 하던 학원에서 여전히 아이들을 가르치는 것으로 밥벌이를 한다.

그리고 밤이면 컴퓨터 앞에 앉아 소설을 쓴다. 아무도 읽지 않을지라도.

3

헤드라이트 불빛을 받으며 여자의 실루엣이 다가왔다. 하이힐의 굽이 땅을 밟을 때마다 공터에 발소리가 울려 퍼졌다. 여자는 우리, 즉 어느 틈엔가 모여 선 나와 앙드레와 팬텀에게서 2미터 떨어진 곳에 멈춰 섰다. 그 뒤에는 어깨가 넓은 경호원이 팔을 늘어뜨린 채 우울한 고릴라처럼 서 있었다. 둘 다 짙은 선글라스를 끼고 있어서 얼굴을 알아볼 수 없었지만 여자 쪽은 꽤 미인으로 보였다. 그런데 어디서 본 적이 있었던가.

"당신네 남자들은 도대체 어떻게 돼먹은 거지? 얼굴만 보면 싸움질이니. 공이 없을 땐 주먹질을 하고 공이 있으면 발길질을 하고."

"하지만 남자들을 싸우게 만드는 건 여자라고."

내가 말했다. 아무도 대답하지 않았다. 아마 이 자리에는 어울리지 않는 농담이었던 모양이다.

"이 편지를 보낸 게 아가씨인가?"

앙드레가 편지를 꺼내며 물었다.

"맞아."

"어떻게 우리가 있는 곳을 알았지?"

"당신은 자신이 누구라고 생각해? 이 도시에서 공과 어울리는 사람들은 모두 당신들이 누구인지 알고 있어. 물론 이 거리의 젊은이들은 써니보이, 팬텀, 앙드레 같은 이름이 그저 부풀려진 허풍에 불과하다고 생각하지만, 그 시절을 살았던 사람들은 모두 당신들을 기억하고 있어. 그리고 공동묘지에 묻히거나 이 도시를 떠나지 않는 한 당신들을 찾아내는 건 그렇게 어려운 일이 아니지. 그건 당신들이 좀도둑질로 감옥에 가 있건 막노동을 하며 떠돌아다니건 자신이 만든 콘크리트의 성 안에 꼭꼭

틀어박혀 있건 마찬가지야."

이렇게 말하며 여자는 팬텀과 앙드레와 나를 차례로 가리켰다.

"입조심하는 게 좋아. 나는 여자라는 이유로 자비를 베풀 만큼 좋은 사람이 아니거든."

팬텀이 말했다.

"품팔이 늙은이를 감시하고 있었던 건가? 진작 데이트 신청이라도 하지 그러셨나. 저런 떨거지들은 떼어버리고."

앙드레가 경호원을 가리키며 말했다. 고릴라는 꼼짝도 하지 않았다. 여자가 누구인지는 모르겠지만 그녀가 나와 앙드레, 그리고 팬텀의 행적에 대해 알고 있다는 것만은 확실했다.

"좋아. 당신이 편지를 보냈다는 걸 믿어주지."

내가 말했다.

"그런데 한 가지 짚고 넘어갈 게 있어. 우선 당신은 시간을 잘못 맞췄어. 약속 시간을 13분이나 어겼어. 그리고 우리에게 지옥을 보여주겠다고 한 것 같은데."

"그러면 두 가지지."

팬텀이 말했다.

"뭐? 그래, 두 가지. 어쨌든, 지옥 말인데, 당신이 우리에게 지옥을 보여줄 수 있겠어? 우리가 겪어온 지옥이 어떤 것인지 당신이 알기나 해? 잘 모른다면 여기 팬텀이라는 끼어들기 좋아하는 친구가 당신과 당신 친구들에게 살짝 보여줄 수 있을 것 같은데."

"그 가벼운 입은 여전하군, 써니보이. 쓸데없는 잡담으로 시간을 보낼 생각은 없어. 난 GP 이야기를 하러 온 거니까."

여자가 말했다.

"네가 GP에 대해 어떻게 아는 거지?"

팬텀이 낮은 목소리로 물었다. 소름 끼치는 목소리였다.

"나 역시 GP니까."

"그걸 어떻게 믿지?"

앙드레가 물었다.

"생각해봐. GP 외에 GP의 존재를 알고 있는 사람이 얼마나 될지."

하긴 그건 그렇다. GP 말고 누가 GP의 존재를 알고, 그 이름으로 누군가를 불러낼 수 있다 생각하겠는가.

처음 선수 등록을 하러 갔을 때가 생각난다. 열일곱 살이었다. 담당자는 내가 내민 서류들에 도장을 쾅쾅 찍다가 잠깐 멈추고 서류 한 장을 제일 밑에 집어넣으며 내 얼굴을 힐긋 쳐다본 뒤 다른 사무실의 번호와 담당자의 이름을 적어줬다. 그다음 사람도 마찬가지였다. 도장과 잠깐 멈춤, 서류 한 장과 시선 한 번. 그다음도, 또 그다음도. 건물을 몇 번이고 오르락내리락한 끝에 건물 지하의 보일러실이 딸린 허름한 문 앞에 도착했을 때는 저녁때가 다 돼 있었다. 배가 고파 쓰러질 지경이었던 것 같다. 연한 초록색으로 칠해진 문에는 번호도 명패도 붙어 있지 않았다. 귀찮아서였는지 피곤하거나 배가 고파서였는지 아니면 불길한 예감이 들어서였는지, 그냥 집에 돌아가고 싶다고 생각했던 기억이 난다. 헛기침을 두어 번 하고 노크를 했다. 몇십 년 동안 계속 생각해오고 있는 것이지만 그때 노크를 하지 말았어야 했다.

통속적이기는 해도 이 정도면 그리 나쁘지 않은 전개다. 모든 전개가 기발할 수는 없지. 다음으로 넘어가서 이제 슬슬 GP가 뭔지 밝혀야 할 것 같다. 그러자니 장애

물이 하나 가로막고 있다. 그건 바로 GP가 뭔지 내가 아무것도 모른다는 사실이다. 미리 생각해두고 시작했어야 했다는 생각이 들지만 이제 와서 후회해봐야 소용없다.

이들은 GP라는 이름 때문에 모였다. 그건 아주 중요하고 핵심적이고 결정적인 무엇이어야 한다. 그것은 아주 중요한…… 뭐랄까, 일종의 비밀결사라고 하자. 수수께끼의 단체. 왜 수수께끼냐 하면 그들이 아주 중요한 사명을 갖고 있기 때문이다. 그 사명이 뭐냐고? 글쎄. 그게 뭐냐면.

갑자기 앙드레가 웃음을 터뜨렸다.

"GP라. 이야기는 들어본 적 있지. 족구가 사라지려 할 때 나타나서 족구를 지키는 비밀결사라던가. 재미있는 아가씨군. 멋져. 훌륭해. 굉장해. 하나, 둘, 셋, 넷. 이 네 명이 그 비밀결사 GP라는 거야? 재미있군. 아주 재미있어. 농담은 이제 끝인가? 아니면 들어야 할 농담이 남아 있나?"

여자는 참을성 있게 기다리다가 앙드레의 웃음이 그치자 입을 열었다.

"이 사람을 만나면 내 말이 농담이 아니라는 걸 알게 될걸."

"여기에 등장할 어릿광대가 아직 남아 있나?"

팬텀이 재미있다는 듯이 덧붙였다.

여자가 턱짓으로 신호를 보내자 고릴라가 헤드라이트 쪽을 향해 손짓을 했다. 누군가 차에서 내렸다. 남자였다. 키는 고릴라만큼 컸는데 몸집은 호리호리했다. 트레이닝복의 후드를 뒤집어쓰고 있어서 얼굴은 알아볼 수 없었지만 다리는 길고 가벼워 보였다. 족구를 하기에 이상적인 체격이었다. 걸음만 봐도 그의 실력이 어느 정도인지 알 수 있었다. 팬텀도 이미 알아차린 게 분명했다. 온몸에서 팽팽한 긴장감이 느껴졌다. 앙드레 역시 남자에게서 눈을 떼지 못했다.

"신사 여러분. 소개하지."

남자가 후드를 벗었다. 익숙한 얼굴이었다. 어디서 봤더라. 분명 잘 아는 얼굴인데. 하지만 이런 식으로 만난 적은 한 번도 없어. 그런데 어떻게 내가 그를 알고 있는 것일까? 아. 생각났다. TV에서 봤다.

"누군지 말 안 해도 알겠지? 카를로스 샤샤 슐레캄프."

"만나서 반갑습니다."

남자는 고개를 숙여 인사했다. 나는 물론이고 팬텀도 꼼짝하지 않았다. 나처럼 어떻게 반응해야 할지 몰랐던 게 분명하다. 왜냐하면 눈앞에 있는 사람이 세계 최고의 선수였기 때문이다. 단 앙드레만은, 만나서 반가워요, 우리말을 잘하시네요, 하고 대답했다.

"자. 카를로스를 데려왔어. 그런데도 내가 여러분들과 장난을 한다고 생각해?"

우리가 할 말을 찾지 못하고 머뭇대는 사이에 비가 한두 방울씩 떨어지기 시작했다. 어느 틈엔가 운전사가 두 개의 우산을 들고 와서 카를로스와 여자에게 씌워줬다.

"좋아."

뭐가 좋다는 건지 모르겠지만 나는 일단 이렇게 말했다.

"여기 있는 게 정말 카를로스가 맞는다면, 그래 카를로스가 맞겠지, 그런 것 같아. 그리고 당신이 누군지 모르겠지만, 이거 하나는 분명해 보여. 당신이 장난이나 농담을 하는 게 아니라는 거. 그렇다면 얘기를 들어보기로 할까. 단 3분 안에 끝내줘. 곧 비가 쏟아질 것 같으니까."

내가 말했다. 여자가 손짓을 하자 경호원이 담배를 꺼

내 여자의 입에 물리고 불을 붙였다. 여자는 연기를 한 모금 내뿜고 입을 열었다. 그러는 동안 20초가 지나갔다.

"짧게 얘기하지. 나도 아는 게 많지 않으니까. 내가 아는 건 여기 있는 다섯 명이 모두 편지를 받았다는 거야. 물론 제일 먼저 편지를 받은 건 나지. 정확하게는 해골로 봉인된 다섯 개의 편지 봉투를 받았어. 하나는 내 앞으로 온 것이고, 나머지 봉투에는 당신들의 이름이 적혀 있었던 거야. 편지에는 가능한 한 빨리 그 편지들을 보내고 약속된 장소에서 당신들을 만나라는 내용이 적혀 있었어. 한 명은 찾기 쉬웠지. 그리고 나머지 세 명도 마음먹고 찾으려고 하니 그리 어렵지 않더군. 그래서 난 당신들에게 편지를 보냈고 그 편지를 읽은 당신들이 여기에 온 거지. 그게 무슨 결투장이라도 되는 줄 알고 말이야."

여자는 잠시 말을 멈췄다.

"그리고 지옥 이야기 말인데, 내 편지에는, 당신들에게 편지를 보내든 보내지 않든 우리는 지옥을 보게 될 거라고 적혀 있었어."

"그게 끝인가?"

팬텀이 물었다.

"아니."

여자는 담배를 바닥에 떨어뜨리고는 연기를 내뿜었다. 빗물에 젖은 담배가 힘없이 꺼졌다.

"GP가 세상에 모습을 드러낼 거라고도 하더군."

나는 침을 삼켰다. 아까부터 머리가 아파오기 시작했다. 속이 조금 울렁거리는 것 같기도 했다. 나도 모르게 담배 연기를 너무 많이 마셔버렸다. GP. 그것은 꿈에서도 다시 듣고 싶지 않은 말이었다.

"_끄끄끅._"

앙드레가 웃기 시작했다. 그의 웃음이 조금씩 커졌다. 그리고 더. 그리고 더. 그러면서 그의 허리가 조금씩 펴지고 몸이 천천히 부푸는 것 같았다. 머리와 등에서는 웬일인지 수증기가 피어오르고 있었다. 웃음을 멈춘 그는, 착각이 아니라면 더 이상 앙드레가 아니었다. 아니, 앙드레가 맞았다. 그러나 방금 전까지 다리를 절던 앙드레가 아니라 내가 예전에 이 거리에서 함께 경기를 했던 그 앙드레로 돌아와 있었다.

"좋아, 젊은이들. 지금까지는 훌륭해."

목소리도 예전 그대로였다.

"편지는 내가 보냈어. 너희들을 여기로 불러낸 것도 나야. GP의 촛불인 나 앙드레 로드리게스 킴이, 족구의 수호자 GP의 감독으로서 너희들을 소집했지."

"어이 영감. 왜 그래? 드디어 미치기 시작한 거야?"

내 딴에는 적절한 농담인 것 같았는데 아무도 웃어주지 않았다. 앙드레는 말을 이었다.

"신태양. 너의 GP 넘버는 1번. 1번은 GP의 바위야. 정별꽃. 너의 GP 넘버는 2. 2번은 GP의 기둥이지. 카를로스 샤샤 슐레캄프. 너는 3. 3번은 빛이지. 그리고 사라 박. 너는 날개를 뜻하는 4번이고. 그렇지? 그리고 그걸 보여주는 문신이 너희의 등에 남아 있지."

"어떻게 내 번호를?"

하고 내가 말했다.

"어떻게 내 이름을?"

하고 팬텀이 말했다. 나머지 두 명은 말없이 고개를 끄덕였다.

"우리는 이제 GP의 천년 역사상 처음으로 세상에 모습을 드러낼 것이다. 처음이자 마지막인 단 하나의 임무를 위해."

"이봐요. 영감. 혹시 여기 오기 전에 핫도그 같은 걸 먹은 거 아냐? 그 헛소리인지 개소리인지는 그것 때문이지?"

"감독님에게 무례하게 굴지 마라!"

낮고도 단호한 목소리를 낸 건 팬텀이었다. 그의 태도가 변했다.

핫도그. 이런 것도 농담이라고. 하지만 넘어가자. 지금은 어서 이 부분을 끝내야 한다.

GP가 비밀결사라는 것은 예전부터 어렴풋이 알고 있었다. 나는 그날 보일러실에 딸린 그 조그만 사무실에서 납치당했다. 그리고 1년 동안 무인도에서 어떤 악마 같은 자에게, 꿈결에라도 떠올리고 싶지 않은 훈련을 받았다. 그러다가 어느 비 오는 날 아침 집 앞에서 발견됐다. 의식이 돌아왔을 때 몸의 상처는 거의 나아 있었지만, 등의 문신만은 끝내 지워지지 않았다.

"써니보이. 네 등의 문신은 바위산이지? 정벌꽃은 신

전. 카를로스는 빛나는 별. 그리고 사라는 날개. 그 문신을 새긴 것은 우리다. 너희들을 교육시켰던 가면의 조교도 바로 우리야. 그리고 그 문신은 성스러운 사명의 상징이야. 그걸 거부할 수는 없어. 왜냐하면 문신은 영광의 증거인 동시에 저주의 속박이기 때문이지."

더 이상 참고 들어줄 수 없었다.

"잠깐. 미스터 슐레캄프. 그리고 아가씨. 여기 있는 이 반 대머리 늙은이와 장발 멍청이는 아무래도 조금 미친 것 같아. 족구를 너무 진지하게 하면 이렇게 되지. 이 동네에서는 가끔 이런 사람들을 볼 수 있어. 하지만 당신들까지 이런 장난에 놀아날 필요는 없잖아? 난 이 영감을 꽤 오랫동안 알고 지냈는데 나쁜 사람은 아니니 이번 한 번은 그냥 이해하고 넘어가주는 게 어때? 이제 그만 돌아들 가자고. 비도 내리는데."

다들 아무 말도 하지 않고 나를 한심하다는 듯 혹은 내가 바로 미치광이나 멍청이라도 되는 듯 쳐다봤다. 어쩔 수 없지. 그렇다면 장담하건대 이 자리에서 제정신이 올바로 박힌 건 나 하나뿐이다. 앙드레 이 불쌍한 영감은 드디어 미쳐버렸다. 팬텀은 원래 미치광이였고. 카를로스는 원래부터 이 세계 사람이 아니다. 그리고 여자에게서는 아주 수상한 냄새가 풍긴다. 그래. 여기는 나 같은 멀쩡하고 건전한 사람이 있을 곳이 아니다. 왜 이걸 진작 몰랐을까. 알았으면 처음부터 이런 곳에는 오지 않는 건데.

"이거야 원. 그래 알겠어. 그럼 내가 빠져주지. 나름대로 즐거웠어, 모두들. 다음에 어디선가 만나거든 아는 체나 하자고. 미스터 슐레캄프, 만나서 반가웠어요."

나는 등 너머로 손을 흔들고는 담배를 꺼뜨리지 않기 위해 연기를 깊게 빨아들이면서 경기장 출입구 쪽을 향했다.

그때 갑자기 등을 관통하는 것 같은 통증이 느껴져 나도 모르게 바닥에 무릎을 꿇고 말았다. 이제껏 단 한 번도 겪어보지 못했던 통증이 등에서부터 시작해 가슴으로, 어깨로, 목으로, 배로, 머리로 퍼져나갔다.

"써니보이. 아니, GP의 반석이여. 너는 사명을 거역할 수 없어."

앙드레의 목소리가 천둥처럼 땅을 울렸다.

"내가 말했지. 등의 문신은 축복인 동시에 저주야. 그 문신은 때로는 네게 영광을 주겠지만 때로는 지금처럼 고통을 줄 것이다. 거부하지 마라. 이것은 내게도 너희에게도 운명이다. 설령 그 운명이 우리를 지옥으로 이끈다 해도 우리는 그 길로 가야만 한다."

잠시 후 고통은 사라졌지만 몸을 일으킬 수 없었다.

"예상하고 있었겠지만 너희는 이제부터 한 팀이다. 각자의 포지션은 알고 있겠지. 우리는 앞으로 마지막이 될지도 모르는 시합을 계속 치르게 될 것이다. 오늘은 이만 돌아가도록. 원한다면 애인이나 가족에게 마지막 인사를 해도 좋다. 둘 다 없다면 유서라도 써두든가."

앙드레가 빗속으로 사라졌다. 뒤이어 팬텀이 말없이 사라졌다.

"다음에 봐요, GP1. 아니, 이제 써니보이라고 부르겠어요, 나도."

카를로스도 짧게 인사를 하고는 차로 돌아갔다. 내 옆에는 여자와 고릴라만 남았다. 나는 타잔. 여자는 제인. 그리고 우리에게는 원숭이가 있다. 멋진 설정이군. 지금 타잔은 꼴사납게도 등에 일격을 당했어. 미안하지만 좀 도와주지 않겠어, 제인?

"그 담배는 더는 못 피우겠군."

여자가 쪼그리고 앉아 내 입에 담배를 물리고는 불을 붙여주었다.

"이제 동료니까 앞으로는 잘해보자고, 써니보이."

그때 여자의 향수 냄새가 기억을 건드렸다.

"당신……?"

고개를 들었을 때 여자는 이미 일어서 있었다. 여자는 마지막으로 입꼬리에 우울한 웃음을 짓고는 안경을 고쳐 쓰고 차로 돌아갔다. 여자가 올라타자 세단은 헤드라이트를 번쩍이며 부드럽게 골목에서 빠져나갔다.

담배는 비에 젖어 곧 눅눅해졌다. 습한 연기가 폐를 채웠다가 빠져나갔다.

몇 시간 사이에 모든 게 엉망이 됐다. 오랜만에 만난 앙드레는 내가 GP라는 저주의 노예라는 걸 증명했다. 이제 그 지긋지긋한 노인네와 좋든 싫든 운명 공동체가 됐다. 게다가 이 공동체에는 철천지원수도 있고, 이 세계 사람이라고는 믿을 수 없는, 그래서 도저히 어떻게 상대해야 좋을지 알 수 없는 세계적인 스타플레이어도 있다. 그리고 마지막 멤버는 분명 미미다. 아니, 이제 사라라

고 불러야 하나. 앙드레가 그렇게 불렀지. 왜 내 인생에 그녀가 다시 나타나는 거지. 그녀는 언제 그렇게 거물로 성장한 거지. 빌어먹을. 빌어먹을. 빌어먹을.

차를 향해 걸어가며 내일은 변호사를 불러 유언장을 작성해야겠다고 생각했다.

여기까지 적어놓으니 원고지 60매 정도가 됐다. 허점 투성이지만 그대로 두기로 하자. 애초에 계획 없이 쓰기 시작했으니까 부족한 부분은 그때그때 보충하면 된다. 그러다 사건이 영 꼬이고 설정에 구멍이 뚫리기도 하겠지만 그래도 괜찮다. 일단 끝까지 가는 게 중요하니까. 이 소설은 우스꽝스럽게 전개될 것이다. 만화 같은 인물들이 등장해 허무맹랑한 플레이를 펼치며 웃고 울고 피 흘리고 소리 지르고 싸우고 쓰러지고 사라져갈 것이다. 선수들은 서로 호흡을 맞추면서 원한을 청산하고 우애를 쌓을 것이고 주인공의 로맨스는 끊어질 듯 이어지며 조금씩 나아가고 팀은 매번 터무니없이 강한 상대를 만나 궁지에 몰릴 것이다. 주인공들은 계속되는 시련을 겪으며 조금씩 단련되겠지. 그렇다면 이 소설은 앞으로 얼마나 더 써야 할까. 우선 1부는 원고지 1천 매 정도로 마무리할 수 있지 않을까.

그때쯤이면 나도 어딘가에서 다시 족구를 할 수 있게 될까.

4

그레이트 프리텐더스Great Pretenders에 대해 말하겠다. 협회 등록명은 일산 그레이트 프리텐더스 족구 클럽, 약칭은 GPKC지만 다들 일산 GP라고 부른다. 일산 GP. 그게 우리 팀이다.

GP라고 하면 군대 관련, 그것도 비무장지대를 수색하던 전우들이 모여 만든 거 아니냐는 농담을 듣고는 했다. 더군다나 안 감독은 종종 미군의 고어텍스 야전 상의를 입고 경기장에 나타났었기에 그런 농담을 들을 만했다. 하지만 그건 팀이 도 대회의 4강전에 올라가기 전까지의 일이다. 이제 일산 GP라고 하면 일산에서는 물론이고 경기 북부에서도 알 만한 사람은 아는, 나름 유명한 팀이다. 인터넷의 팬 카페 회원은 800명이 넘고 작년에는 『월간 족구』에 두 쪽짜리 기사가 실리기도 했다.

팀은 일산에 처음 입주가 이루어진 1992년 가을에 창단됐다. 그러니까 우리 팀은 일산 신도시 족구 팀 중 1기에 속한다. 1996년에 호수공원이 개장되며 일산 시민 족구 대회가 열렸다. 우승 팀에게는 호수공원 족구장 사용권이 주어졌다. 인가받은 팀 150개가 석 달 동안 리그전 및 토너먼트를 벌였다. 결승전에는 선더버즈와 매리너스가 올라왔다. 선더버즈는 조직력과 전술을 앞세워 공략했지만 매리너스에는 말 그대로 괴물이 하나 있었다. 우승은 매리너스의 차지였다. 우리 팀은 토너먼트에도 올라가지 못하고 리그전에서 5승 11패를 했다. 근처의 건물 옥상에서 망원경으로 결승전을 보던 회원들은 우리 팀에도 제대로 된 감독이 있어야 한다는 데 뜻을 모았다. 내가 들어오기 전의 일이다.

안 감독이 우리 팀을 맡은 건 순전히 우연이었다. 우연이 아니라면 전 국가 대표에 은퇴 후 족구와는 인연을 끊다시피 하고 살아온 그가 우리처럼 지역 예선도 통과하지 못하는 보잘것없는 팀을 맡는 일은 없었을 것이다.

어느 일요일 저녁, 족구 시합을 끝내고 먼지 냄새와 땀 냄새를 풍기며 회식 장소로 이동하던 회원들은 엉뚱한 길로 들어서고 말았다.

"그 얘기 한번 들어볼래? 배는 고프지, 길은 좁지, 해는 떨어졌는데 가로등은 없지. 그때는 내비게이션도 없었어. 그래서 에라 그냥 이 근처 아무 데나 들어가서 먹자, 했는데 버섯전골집이 있는 거야. 가게도 허름했어. 가정집을 개조한 그런 식당 있잖아. 들어갔는데, 진짜로 가정집인 거야. 안방에 상 펴놓고 밥 먹는 그런 곳 말이야. 그래서 처음에는 그냥 나가려고 했어. 우리도 양심이 있지, 운동하고 와서 냄새나는데 남의 집 안방에 그런 발로 들어갈 수 있어? 그런데 벽에 요만한 사진 액자가 하나 걸려 있어. 크지도 않아. A4 반만 한 게, 어디 잡지에서 오렸겠지. 그런데, 방문이 딱 열리면서 어떤 남자가 주문을 받으려고 들어오는데, 사진 속의 그 사람인 거야. 그래서 내가 벌떡 일어나 손을 딱 내밀면서 안성범 선수! 반갑습니다! 팬입니다! 그랬지."

팀의 고문인 성태 형님은 기분만 좋으면 이 이야기를 했다. 형님은 그 자리에서 안 감독에게 우리 팀의 감독을 맡아달라고, 참으로 배짱 좋게도 청했다. 도대체 무슨 생각이었는지 모르지만 안 감독도 그 자리에서 승낙했다. 아마 우리 팀의 꾀죄죄한 행색이 마음에 들었는지도 모르겠다. 그런데 한 가지 조건이 있었다. 그건 팀 이름을 '그레이트 프리텐더스'로 해야 한다는 것이었다. 그건 안 감독이 제일 좋아한 가수 프레디 머큐리의 앨범 이름이었다. 국가 대표 출신 감독에 흥분한 회원들은 일말의 망설임도 없이 '한마음 족구 클럽'이라는 팀 이름을 버렸다.

전 국가 대표를 감독으로 영입한 선수들은 그해 가을 시민 족구 대회가 열릴 즈음 희망에 부풀었다. 결과는 1차전부터 3차전까지 연이은 패배. 예선 전패로 첫 대회를 마감한 우리 팀은 남은 대회 기간 동안 관전에 만족해야 했다. 안 감독은 마치 그럴 줄 뻔히 알고 있었다는 듯 경기에서 진 선수들을 덤덤히 위로했다고 한다.

"그런 거죠 뭐."

이건 안 감독이 즐겨 한 말이다. 어이없는 실수 앞에서도 눈부신 플레이 앞에서도 피를 말리는 승부의 한가운데서도 너무 압도적이어서 불안한 점수 차 앞에서도 절망적인 실력 차 앞에서도 그는 언제나 그렇게 말하곤 했다. 그런 거죠 뭐, 라고.

그래도 실력은 조금씩 늘었고 성적도 조금씩 좋아졌으며 젊은 선수들이 하나둘 팀에 들어왔다. 내가 가입한 것도 그 즈음이었다.

안 감독을 생각하면 우선 그의 짧은 머리와 콧수염이 떠오른다. 그는 프레디 머큐리의 팬이었는데, 여름이면 꼭 끼는 흰 러닝셔츠를 입고 연습장에 나타났고 가을이 되면 그 위에 재킷을, 날이 더 추워지면 다시 그 위에 미군 야전 상의를 껴입었다. 아닌 게 아니라 그는 프레디 머큐리와 닮았었다. 국가 대표로 뛰던 1970년대의 그는 귀를 덮는 장발에—그 시절에 그런 게 가능했던 건 국가 대표 족구 선수들뿐이었다—턱선이 가늘고 단정했다. 그러던 어느 날 무슨 생각에선지 머리를 짧게 자르고 콧수염을 길러서 뻐드렁니를 가리기 시작했다. 준수한 미남이 느끼한 아저씨로 변하자 팬들의 관심도 점차 사라졌다. 그는 프로 출범 초기에 몇 년 동안 활동하다가 조용히 은퇴했다. 해외에도 몇 년 나가 있었다던가. 그런 그가 어쩌다 파주의 버섯전골집에서 음식 주문을 받고 있었는지, 나는 잘 모른다.

입을 다물고 있을 때 그의 인상은 매처럼 날카로웠다. 짙은 눈썹 밑의 큰 눈을 굴리며 그는 선수들의 일거수일투족을 지켜봤다. 시간이 날 때 선수 지도까지 했는데, 그의 지도는 가장 필요한 순간에, 그러나 가장 알아먹기 어려운 형태로 날아왔다.

한번은 연습 경기를 지켜보던 그가 내게 말을 걸었다.

"거기서는 죽이지 말고 밀어서 끊는 거예요."

"네?"

안 감독의 말에 놀란 나는 공을 잘못 찼고 엉뚱한 쪽으로 날아간 공은 코트를 벗어나버렸다. 내가 돌아보자 안 감독은 내 쪽을 보며 뭔가 손짓을 했다. 아마 '거기서는 죽이지 말고 밀어서 끊어요'가 무슨 뜻인지를 내가 더 잘 알아들을 수 있게 설명하려는 모양이었는데, 아무

리 손짓을 곁들여도 이해되지 않기는 마찬가지였다. 나는 나중에야 안 감독이 내게 하려던 말을 이해했는데, 그걸 굳이 말로 옮기자면, '거기'란 공간과 시간을 합친 말이고, 그것은 또 사건과 흐름에 대한 말이고, 공적인 공간과 사적인 공간에 대한 말이고, '죽이지 말고'는 의지의 충돌, 공멸하는 종말을 암시하고 경고하는 말이고, '밀어'는 접근과 확장, 전이와 수용이라는 상호작용을 가리키며 이 모든 것의 종착점인 '끊어'는 자르는 것이 아니라 구부리는 것에 가깝고, 즉 특이점이 아니라 변곡점을 만들라는 뜻이었다. 그리고 이걸 언어 외적인 방법으로 보충하는 건 그 우스꽝스럽고 어설픈 동작밖에는 없었다. 즉 이렇게 된 것이다. 안 감독은 내게 뭔가 줬고 나는 그걸 받을 준비가 돼 있지 않았기 때문에 그걸 받지 못했다. 어떤 일은 그럴 만한 때가 되지 않으면 결코 일어나지 않는다. 내가 지금이라도 그를 만나 이런 이야기를 한다면 안 감독은 한결같이 대답했을 것이다. 그런 거죠 뭐.

그는 시합 중에도, 연습 중에도 지독하게 말이 없었다. 회원 중에는 그렇게 말을 안 할 거면 감독이 무슨 소용이 있느냐고 공공연하게 불만을 터뜨리는 사람도 있었다. 안 감독은 시합 중에 그 흔한 심판 어필 한 번 하지 않았다. 어이없는 판정이 나올 때는 심판을 노려보며 콧수염을 쓸어내릴 뿐이었다. 안 감독을 잘 모르는 사람은 그게 심판을 위협하는 제스처라고 생각했다. 한번은 자기를 노려보는 그의 눈빛을 언짢게 여긴 주심이 퇴장 명령을 내린 적도 있었다. 퇴장 명령을 받은 안 감독은 이번에도 주심을 뚫어지게 쳐다보더니 역시 단 한 마디의 항의도 하지 않고 관중석으로 올라갔다. 그의 얼굴은 목까지 빨개져 있었다. 시합을 하다 쳐다보니 그는 빨개진 얼굴로 눈을 쉴 새 없이 깜박이며 심판을 계속 노려보고 있었다. 그날 나는 그에 대해 조금 더 잘 알게 됐다. 전 국가 대표 족구 선수. 최고의 인기를 구가했던 미남 스타. 지금은 지역의 톱을 달리는 족구 팀의 감독. 프레디 머큐리의 패션을 완벽하게 소화할 수 있는 남자. 그러나 너무 내성적이어서 자신에 대해서는 단 한 마디의 항변도 할 수 없는.

그가 입을 열어 열 마디 이상 말한다면 그 주제는 항상 족구였다. 족구에 대해 이야기할 때면 그는 이미 많은 것을 겪었지만 여전히 어떤 가치를 믿는 신봉자, 혹은 아무도 알아주지 않지만 평생에 걸쳐 난제에 도전하는 고독한 수학자 같았다. 그는 가끔 자신이 보고 들은 것들과 자신의 생각을 얼핏 지나가듯 이야기하고는 했는데 거기에는 가장 지독하고 가혹한 만행과 가장 감격스러운 순간의 기묘하고 끈끈한 양립, 섣불리 반대할 수 없는 일반적이고 위태로운 명제, 보통 사람이라면 잘 알지 못하는 문제에 대한 거의 고집에 가까운 해법, 세부적인 사건들을 연쇄시켰을 때만 발견할 수 있는 거대한 법칙이 두서없이 섞여 있었다. 그래서 누구도 그가 말하려는 바를 제대로 이해하지 못했다.

그러다 가끔 누군가 멋진 플레이를 했을 때, 그 플레이가 우리 편이든 아니든, 연습 경기든 정식 시합이든, 잘 드러나든 드러나지 않든, 그는 그에 대해 조심스럽게 칭찬하고는 했는데, 그런 말을 할 때의 그는 너무 행복해 보여서 마치 사랑에 빠진 소년이 사랑하는 소녀를 떠올리며 말하는 것 같았다. 방금 걔 눈빛 봤어? 그 목의 각도 하며. 웃을 때 잇몸이 살짝 반짝였지? 그러기 전에 어깨를 살짝 움직였고.

나는 그와 많은 이야기를 나누지는 못했지만—그와 많은 이야기를 나눈 사람이 어딘가에 있기는 한지 의문이다—그가 족구를 얼마나 사랑하는지는 알 수 있었다. 그리고 그가 사랑하는 것이 TV에서 쉼 없이 보여주는 현대 족구가 아니라는 것도. 그게 정확히 무엇이었는지, 그러니까 현대 이전의 족구인지, 즉 근대 족구이거나 원시 족구인지, 아니면 족구의 원형인지, 아니면 단지 족구 그 자체—물론 족구의 물자체, 혹은 족구의 이데아라는 것은 없다—인지, 그도 아니면 순간에만 존재하는 족구라는 사건이었는지는 모르겠다. 그가 그 모든 걸 사랑한 건 아니겠지만 그가 사랑한 것이 그 모든 것 안에 있었던 것만은 분명하다.

사랑에 빠진 사람은 아름답다. 하지만 경기장 밖에 있는 사람들은 그의 아름다움을 알아보지 못했다. 가끔 팬들이 찾아와 선수들에게 달라붙어 야단법석을 떨 때도 그는 한쪽에서 생각에 빠져 있었다. 단체 사진을 찍을 때 그의 곁에 서려는 팬은 한 명도 없었다. 사진을 찍기 위해 자리를 잡으려고 웅성거리다 보면 그는 어느새 제일 구석에 가 있었다. 1부 리그 승격을 결정하는 경기에서 이긴 뒤 팬들이 마련해준 축하 파티에서도 가장 축하받아야 할 사람이었던 그는 여전히 혼자였다. 사람들은 그에게 다가가지 않고 그 역시 누군가에게 살갑게 굴려 하지 않았다. 그는 일부러 외로움에 익숙해지려는 사람처럼 보였다. 족구 외에는 사랑할 게 없는 것처럼 보였고 그를 사랑하는 것 역시 족구뿐인 것 같았다. 그는 가끔 어딘가에서—아마 집이었을 것이다—걸려오는 전화를 받고는 했는데, 돌아서서 고개를 숙인 채 수화기에 수염을 대지 않으려고 집게손가락으로 윗입술을 받친 채 작은 목소리로 속삭이고는 했다. 그에 대해 생각할 때면 제일 먼저 스포츠머리와 콧수염이, 다음으로 빨갛게 달아오른 얼굴과 깜박이는 눈이, 마지막으로 움츠린 그 등이 떠오른다.

안 감독이 떠난 해의 송년회에서 그에 대한 험담 몇 마디가 들려왔다. 그들의 입길 속에서 안 감독은 호모(어쩐지 좀 이상하더라고요. 날 보는 눈빛이 얼마나 느끼했는지. 그리고 연습하면서 다리를 더듬는데, 그게 그냥 자세 교정이 아니었어요. 당하는 사람만 알죠. 딱 느낌이 오잖아요)에 복장 도착자(세상에 레이스 속옷을 입는 남자가 어디 있어요? 그러면 그게 변태가 아니고 뭐예요?), 롤리타 콤플렉스(우리 애를 음흉한 눈길로 쳐다보는데 순간 완전 소름이 쫙 끼치는 거 있죠)에 노출증 환자(그딴 옷을 입고 다니는 것만 봐도 정신병자 아니에요? ······꼭지도 툭 튀어나오고)였다.

그것이 다만 그 무엇보다 족구를 사랑했을 뿐인, 그래서 세상에 서툴렀고, 그리고 실은 그 사랑에도 서툴렀던 것뿐이었던 한 사람이 떠난 뒤 추억되는 방식이었다.

5

"뭐라고 불러야 하지? 미미? 사라?"

"당신 좋을 대로."

여자는 냉랭한 말투로 대답했다.

"여전히 힘든 문제는 내게 넘기는군."

"왜 그게 힘든 문제지? 당신 내키는 대로 부르면 되는 거 아냐?"

"아니. 그건 그렇게 간단하지 않아. 당신을 미미라고 부른다면 그건 내가 만나고 있는 게 예전의 당신이라는 의미야. 그러면 옛날이야기를 하지 않을 수 없고, 또 옛날의 감정을 떠올리지 않을 수 없게 돼. 사라라고 부른다면 그 반대가 되지. 난 당신을 이 말도 안 되는 팀의 일원으로 인정하고 닥쳐올 날들을 함께 뚫고 나갈 동료로 삼게 되는 거야. 그런데도 그게 간단한 문제야?"

"그러니까 당신 내키는 대로 부르라는 거야. 과거를 선택하든 미래를 선택하든 당신에게 달린 문제 아냐?"

여자가 화를 내고 있는 건지 아닌지 알아차릴 수 없다. 우린 너무 오래 떨어져 있었다. 이제 이 여자가 무슨 생각을 하고 있는지 도무지 알아차릴 수 없다. 하긴 예전에도 그랬지. 그리고 굳이 이 여자가 아니더라도, 여자가 무슨 생각을 하는지 알 수 있는 남자란 세상에 없다.

이곳에 마지막으로 왔을 때가 기억난다. 그때도 그녀와 함께였다. 우리는 오늘처럼 술을 마셨고 늘 그랬듯 대수롭지 않은 이유로 언쟁을 시작했다. 그녀의 손이 날아오는 게 보였지만 너무 화가 나서 피하고 싶지 않았다. 귀에서 철썩하는 소리가 들렸다. 그리고 나는 뭐라고 말했더라. 그녀의 손이 다시 날아왔다. 그리고 또 내가 뭐라고 한 마디. 또다시 그녀의 손. 세 번째로 날아온 것은 따귀가 아니라 주먹이었다. 반지를 낀 주먹. 그녀가 새빨개진—아니 창백했던가?—얼굴로 뛰쳐나가자 테이블에 붉은 점이 하나둘씩 피어났다. 웨이터가 달려오더니 내 얼굴을 수건으로 누르고 화장실로 데려갔다. 면도하다 그때의 흉터를 발견할 때마다 그녀를 떠올렸다. 하지만 다시 만나게 되리라고는 생각하지 않았다. 그것도 이렇게 억지스러운 방식으로는.

바는 별로 변한 게 없다. 그때의 피아니스트가 아직도 피아노를 연주하고 있다. 같은 장소, 같은 사람, 같은 음악. 그리고 같은 상처의 같은 아픔. 코가 욱신거린다.

"게임회사를 차렸다면서? 그런 일을 할 줄은 몰랐어."

여자가 말한다.

"내게 그렇게 관심이 있는 줄은 몰랐군. 당신은 어떤 일을 하지? 저런 고릴라를 데리고 다니면서."

그녀의 보디가드는 바의 반대쪽 끝에 앉아 있다.

"매니지먼트."

"매니지먼트? 무슨 매니지먼트?"

"그냥 매니지먼트."

"너무 얌전한 일처럼 들리는데?"

"세상에는 게임이나 하며 시간을 까먹는 놈팡이들이 상상도 할 수 없을 만큼 험한 일들이 넘쳐나니까. 그리고 고릴라라고 부르지 마."

"그럼 당신도 내 사랑스러운 고객들을 욕하지 마. 그들은 이웃과 자연을 사랑하고 법과 질서를 지키는 모범적인 시민들이라고."

"그 모범적인 시민들은 무슨 게임을 하는데? 총으로 서로 쏴 죽이는 거?"

"천만에. 우리 회사에서 만든 최고 히트작은 「어서 오세요 방긋 마을」이라는 건데 처음에 이 마을에 이사를 오면 이웃들이 와서 선물을 줘. 그러면 그 선물로 밭을 가꾸고 숲에 가서 버섯과 과일을 따고, 그러다 동물을 만나는데……."

여자가 작게 하품을 한다.

"어쨌든 당신처럼 위험한 여자는 상상도 못 할 평화롭고 아름다운 세계지."

"위험한 건 내가 아니라 세상이야. 그리고 앞으로 더 위험해질 거고."

새 술을 주문한다. 이 여자와 있으면 아무리 마셔도 취하는 기분이 전혀 들지 않는다. 그 대신 경직되는 기분이 든다. 몸도, 마음도.

"그 버릇은 여전하네."

"뭐?"

"긴장하면 다리를 떠는 거."

"워밍업하는 거야. 언제든 다리를 쓸 수 있도록. 그리고 내가 왜 긴장해야 하지? 옛날 여자를 만나서? 언제 주먹이 날아올지 몰라서? 아니면 우리가 언제 자게 될지 몰라서?"

나도 모르게 다리를 떨고 있었던 걸까. 여자는 내 실없는 농담에 콧방귀도 뀌지 않는다. 대신 고릴라, 아니 보디가드가 이쪽을 힐긋 쳐다본다.

"어쨌든 우리는 얘기를 좀 할 필요가 있어. 미래를 위해서든 과거를 위해서든. 우선 내 이야기부터 해볼까. 딱히 당신에게 내가 어떻게 살아왔는지 말해주고 싶어서는 아냐. 그냥 그러는 편이 다른 것들을 설명하기가 편해서야."

여자는 담배에 불을 붙이고 느긋하게 이야기를 시작한다.

나와 헤어진 뒤 그녀는 족구를 그만뒀다. 하지만 족구 말고는 달리 할 수 있는 것도 하고 싶은 것도 없었다. 그녀는 계속 족구의 근처를 배회했고 결국 족구의 어둠이 그녀를 끌고 갔다. 족구처럼 화려한 조명을 받는 세계의 그늘에는 넓고 깊은 어둠이 도사리고 있기 마련이다. 습한 벽에 번지는 곰팡이처럼 족구의 그림자 안에서도 끈끈하고 더럽고 냄새나고 구역질 나는 것들이 뿌리를 내리고 점차 영역을 넓혀갔다. 그녀는 처음에는 멋모르고, 나중에는 살아남기 위해 그것들을 붙잡고 위로 기어 올라갔다. 브로커의 하수인으로 일을 시작한 그녀는 얼마 안 가 비서로 승진했고 곧 컨설팅 업체로 자리를 옮겼다. 사실 그녀에게는 능력도 재능도 있었다. 족구에 관한 해박한 지식, 능숙한 외국어, 실전에서 쌓아 올린 경험, 거기다 돈에 대한 감각과 사업 수완까지. 마침내 독립을 선언했을 때 그때까지 동료였던 그녀의 사업 파트너들이 일제히 그녀를 경계하기 시작했다. 그러나 그녀는 그들의 약점을 이미 알고 있었고 싸워야 할 때와 물러날 때를 알고 있었다. 그녀는 모든 수단을 동원했다. 말 그대로 모든 수단을. 그렇게 그녀는 경쟁자들의 틈바구니에서 살아남았다.

　그녀는 족구와 관련된 거의 모든 사업에 끼어들었다. 표면적으로는 합법적이지만 깨끗하기만 해서는 할 수 없는 그런 일들이었다. 족구 용품의 유통에 뛰어들어 마진을 챙기고 족구장 부설 상점 입찰에서는 부정한 방법으로 경쟁자를 물리쳤다. 족구 복권 판매에도 가담했으며 지역 족구 클럽의 리그전을 관리해 입장권 수익과 경기 운영비를 챙겼다. 족구 협회의 임원은 물론이고 국회의원을 비롯한 정치인들과 경찰, 검찰의 몇몇 인사들에게 금품을 제공해 협회 행정과 입법 사항, 그리고 단속에서 혜택을 입기도 했다. 몇 개의 지역 클럽을 실질적으로 장악했으며 유명한 선수들의 매니저를 포섭해 선수들의 실질적인 소속사 노릇을 했다.

　"아주 지독하게 살았군. 그래…… 그런 것 말고 개인적인 일들은 없었나?"

　"있었지."

　"어떤?"

　"개인적으로 GP에 대해 알아보고 다녔지."

　내가 안심인지 실망인지를 한 걸 눈치채지 못한 그녀

는 말을 잇는다.

"그 바닥 생활을 오래 하면서 GP에 대한 소문을 들은 게 계기가 됐지. 딱히 사명감 같은 걸 느꼈던 건 아니고 그냥 좀 신경이 쓰이는 정도였달까."

하지만 그녀가 알아낸 정보들은 너무나 황당해서 믿을 수 없는 것들뿐이었다. 인간계를 사이에 둔 신계와 마계의 싸움, 세계의 균형을 유지하기 위한 수단으로서의 족구, 궁극의 족구를 완성하기 위해 반드시 필요한 희생, 희생의 제물로 선택된 다섯 명의 제물 등등. 싸구려 종교관과 신비주의가 버무려진 소문들에 질려버린 그녀는 GP에 대해서는 잊어버리기로 하고 다시 일에 몰두했다.

그녀는 족구계에서 가장 큰 돈이 오가는 사업, 즉 선수 매니지먼트에 눈을 돌렸다. 이미 문나바이 등 몇 명의 동양인 스타플레이어들을 소유하고 있던 그녀의 조직이 단번에 업계의 큰손으로 떠오른 건 물론 카를로스의 영입 때문이었다.

우리 모두가 알고 있듯 카를로스 샤샤 슐레캄프의 고향은 아르헨티나다. 독일계 아버지와 아프리카계 어머니

사이에서 태어난 그는 타고난 강인함과 유연함에 더해 남미 선수 특유의 리듬감까지 갖추고 있었다. 그는 족구 역사에서 드물게 데뷔 첫해에 신인상과 MVP, 그리고 우승 반지를 함께 받은 선수였다. 천재의 탄생에 환호한 아르헨티나 국민들은 카를로스가 조국의 숙원인 월드컵을 가져다주기를 바랐다. 국민들의 바람은 두 번째 도전에서 이뤄졌는데 그때 카를로스의 나이는 고작 스물두 살이었다. 그건 그가 세계를 호령할 시간이 앞으로 적어도 10년은 넘게 남아 있다는 뜻이었다.

카를로스가 한국 진출을 선언한 건 세계를 놀라게 했다. 아무리 한국이 족구의 종주국이라고 해도 이제 세계 족구의 중심은 동남아시아와 유럽으로 넘어간 지 오래였다. 그런데도 그가 한국을 선택한 데는 이유가 있었다.

"남미컵 본선 경기를 봤어?"

"봤지. 카를로스는 제 실력의 반도 못 내더군. 부상이 있었다면서."

"그렇게 보도됐지. 하지만 사실은 그게 아니었어."

언젠가부터 그는 알 수 없는 고통에 시달렸다. 팀 닥터나 유럽의 스포츠의학 전문가들도 원인을 찾아내지 못했다. 수많은 통증 전문가들이 병명과 치료법을 내놓았지만 그중 카를로스의 고통을 덜어주는 것은 단 하나도 없었다. 결국 카를로스는 가족의 손에 이끌려 주술사를 찾아갔다. 주술사는 점을 친 뒤 그에게 당장 한국으로 가라고 말했다. 그리고 그의 얼굴에 침을 뱉은 다음 저주를 퍼부었다고 했다.

"잠깐. 그러니까, 지난 10년간 세계에서 가장 큰 이적 계약이 고작 점쟁이의 점괘에서 비롯되었다는 거야? 지금 나더러 그걸 믿으라고?"

"믿건 안 믿건 상관없어. 진짜 하려던 이야기는 이제부터니까. 그러니까 자세를 바로 하고 듣는 게 좋아."

나는 아까부터 잘 듣고 있었는데도 다시 한번 자세를 고쳐 앉았다.

"계약서에 사인을 하기 전날 밤에 카를로스에게서 연락이 왔어. 묵고 있는 호텔로 와달라더군."

"그래서, 갔어? 남자 혼자 있는 호텔 방에?"

"가야지. 그럼 안 가?"

"정말 갔다고? 그래도 돼?"

"응. 고객이잖아. 당신도 아까 그랬잖아. 사랑스러운

고객이라며."

이 여자는 나를 화나게 하는 방법을 알고 있다. 당장이라도 자리를 박차고 일어나고 싶지만, 내가 이제 그깟 이야기에는 꿈쩍도 하지 않는다는 걸, 당신이 무슨 짓을 하고 다녔건 나는 아무 상관도 하지 않는다는 걸 보여줘야 한다. 그러기 위해 새 담배에 불을 붙인다.

이쯤에서 서술 방식을 살짝 바꿔주기로 한다. 늘어지는 기분이 들려 하니까. 카를로스와 사라의 호텔 대면 장면은 현장감을 살리기 위해 직접 서술하는 편이 좋겠다. 말하자면 영화에서의 회상 신처럼.

"나는 이 도시의 냄새가 익숙해요."

카를로스는 창 쪽으로 등을 돌린 채 이야기를 시작했다. 창밖으로는 한강이 내려다보였다.

"서울에 추억이라도 있나요, 미스터 슐레캄프?"

물론 사라는 그가 단 한 번도 한국에 온 적이 없다는 것을 잘 알고 있다. 하지만 고객을 상대할 때 너무 아는 척을 하면 상대방이 경계하게 된다는 것을 그동안의 경험으로 배웠다. 그렇다고 너무 모르는 척하면 이번에는 이쪽을 깔보면서 갖고 놀려고 든다. 쓸데없는 게임을 할 필요는 없다. 언제나 중요한 건 적당한 선을 유지하는 것이다. 너무 멀지도 가깝지도 않게.

"아뇨. 추억은 없지만, 이곳에서는 마치 뭔가 대단한 일이 일어날 것 같거든요."

"이미 사건은 일어났어요. 당신이 온 것만으로도 대사건입니다. 어느 매체에서 그렇게 말하더군요. 당신은 중력의 중심, 태풍의 눈이라고. 당신이 서울로 오면서 이제 세계 족구는 서울을 중심으로 돌아가게 될 거예요. 이곳에서 불기 시작한 바람이 세계의 모든 족구장을 관통할 겁니다."

전적으로 추켜세우기. 하지만 이만한 슈퍼스타에게는 이 정도의 아부도 부족하다.

"그런 어지러운 미사여구는 넣어두세요."

카를로스가 등을 돌렸다. 그의 손에는 콜라 병이 들려 있었다. 세계적인 스타가 선택하기에 적당한 음료수가 아니었다.

"이걸 보고 계시는 거죠?"

카를로스가 병을 흔들며 물었다. 사라는 살짝 미소를 지었다. 관용과 이해와 장난스러운 동지 의식을 머금은 웃음.

"알아요. 이런 걸 마시면 안 되는 거. 이는 썩고 위는 더부룩해지고 입맛을 잃고, 무엇보다 카페인에 중독되죠. 시합 중에 트림이라도 나오면 큰일이고요. 몸에도 정신에도 안 좋아요. 하지만 난 이거 없이는 살 수 없어요. 몇 번이고 끊어보려고 했지만 잘 안 됐어요. 내가 시합 중에 물통에 넣고 마시는 것도 늘 이거예요. 그리고 머리맡의 냉장고에는 항상 콜라가 들어 있어야 하고요."

카를로스가 홈 바의 냉장고를 열어 보였다. 유명 디자이너의 작품인 고급 냉장고 안에는 콜라 병이 가득 들어 있었다.

'꼭 설치미술 작품 같군. 제목은「슐레캄프와 콜라가 있는 풍경」정도가 좋겠어.'

사라는 생각했다.

"그런 건 조금도 문제가 안 돼요. 당신이 원한다면 당신과 콜라의 관계를 전면 부인할 수 있어요. 아니면 반대로 정면 돌파할 수도 있죠. 지금 마시고 있는 그 회사의 전속 모델이 되는 거예요."

카를로스는 얼굴 가득 웃음을 지으며 고개를 절레절레 저었다. 사라는 자신이 뭔가 잘못 짚었다는 걸 알아차렸다.

"레이디 사라. 내가 하려는 건 돈 이야기가 아니라 콜라 이야기예요. 돈은 상관없어요. 중요한 건 콜라예요. 내 동료들, 내 친구들, 그리고 이전의 에이전트들은 모두 내가 콜라 중독자인 걸 알고 있어요. 하지만 그들은 모르죠. 내가 왜 콜라 중독자가 됐는지. 그걸 알고 있는 건 부모님뿐이에요. 나는 지금 내 동생들도 모르는 비밀을 당신에게 말해주려고 하는 거예요."

"우리가 벌써 그만큼의 신뢰를 공유하고 있다고 생각하나요?"

핀치에서 벗어나기 위해 더 멀리 이탈하면서 동시에 상대를 끌어들이기. 겸손과 모험.

"그건 아니에요."

"그럼 왜죠?"

"당신에게는 이 이야기를 해야만 하니까요."

사라는 카를로스가 무슨 말을 하려는 건지 감을 잡을

수 없었다. 그렇다면 기다리는 수밖에.

"내 이야기를 들으면 당신도 이해할 거예요. 어릴 때 이야기부터 할게요. 아버지가 내가 족구를 하는 걸 반대했다는 건 아시죠? 나 정도의 재능으로는 결코 훌륭한 선수가 될 수 없다고 하셨죠. 아버지 말대로 난 재능이 없었어요. 정말로요. 사람들은 내가 골목에서 족구를 하던 시절부터 대단한 재능을 보였던 것처럼 말하지만, 사실 기억을 거슬러 올라가보면 고만고만한 애들 틈에서 어쩌다 한 번 플레이를 성공시킨 뒤 뻐기기에 바쁜 깡마른 꼬마가 하나 있을 뿐이죠. 나는 족구 클럽에 가입하게 해달라고 어머니에게 떼를 쓰고는 했어요. 부잣집 애들은 다 그랬거든요. 어머니는 그럴 때마다 나를 달래느라고 동전 몇 개를 쥐여주셨고요. 난 그 돈을 받자마자 가게로 달려가 콜라를 사 먹었죠. 나중에는 족구 이야기를 꺼내지 않아도 어머니가 동전을 주셨고 나는 그때마다 콜라를 사러 갔어요. 내 인생에서 족구가 차지했어야 할 부분을 콜라가 차지했다고나 할까요. 만약 그때 그런 일이 일어나지 않았다면 나는 족구 클럽이 아니라 치과를 들락거리게 됐을 거예요."

"어떤 일이었나요?"

"레이디 사라. 내가 어렸을 때 납치당해서 1년 동안 족구만 했다면 믿겠어요?"

카를로스는 느린 동작으로 냉장고에서 새 콜라를 한 병 꺼냈다. 사라는 어떤 기억이 떠오르려는 걸 필사적으로 억누르면서 카를로스의 다음 말을 기다렸다. 자신이 그의 질문에 대답하는 걸 잊었다는 사실도 눈치채지 못한 채.

"정신을 차려보니 숲속이었어요. 가면을 쓴 남자가 족구 공을 들고 서 있더군요. 남자는 나더러 자신에게 족구를 배우라고 했어요. 나는 좋다고 했죠. 아니, 싫다고 했었나. 어쨌든 그때부터 지옥 같은 나날이 이어졌어요. 먹고 자는 것 외엔 하루 종일 족구만 했어요. 나중에는 먹고 잘 때도 족구 공과 함께해야 했죠. 남자는 내게 족구에 대해 많은 것을 가르쳐줬어요. 나는 미친 듯이 배웠죠. 그건 지옥이었지만 실은 내가 바로 그런 지옥을 바라고 있었다는 것을 얼마 지나지 않아 깨달았죠. 족구의 지옥. 나는 매일 불구덩이를 지나고 얼음밭을 기고 폭포를 거슬러 뛰어 올라갔어요. 물론 상징적으로 그랬다는 거예요. 폭포는 진짜 폭포였지만요. 나는 경기장에 늘어선 500개의 나뭇잎 중에서 딱 하나만 골라 맞혔고, 제멋대로 회전하는 통나무들 사이로 공을 통과시켰고, 공을 차서 바위를 깨뜨릴 수 있게 됐어요. 그리고 1년째 되는 날, 마침내 일대일 대결에서 가면을 쓴 남자를 무찔렀어요. 다음 날 일어나보니 내 방의 침대였어요. 드디어 집에 돌아온 거였죠. 그런데 눈을 뜨자마자 내가 제일 처음 뭘 했는지 아세요? 부모님 방으로 달려갔어요. 그러고는 어머니 지갑에서 돈을 꺼내 가게로 가서 문을 두드렸죠. 제발 콜라를 좀 달라고요."

이야기를 하며 갈증을 느끼는지 카를로스는 벌써 콜라 한 병을 다 비우고 다시 한 병을 꺼내 뚜껑을 땄다. 그걸 보는 사라의 입안도 타들어갔다.

"그런데 그것만이 아니었어요. 콜라를 마시고 집에 돌아와보니 등이 너무나도 아픈 거예요. 그래서 거울에……."

"거울에 비춰보니 등에 문신이 있었다고 말하고 싶은 건가요?"

사라가 카를로스의 말을 잘랐다. 카를로스는 사라의

눈을 똑바로 쳐다봤다.

"누구한테 들었죠? 우리 부모님인가요?"

사라는 자신에게 이런 악질적인 장난을 칠 만한 인물
이 누구인지, 왜 카를로스 같은 자가 이런 일을 벌이는
지 따위를 생각하느라 잠시 멍하니 있었다. 그때 카를로
스가 그녀 쪽으로 한 걸음 다가섰고 사라는 아무 생각
없이 거의 반사적으로 핸드백에서 권총을 꺼냈다. 카를
로스가 움찔하며 멈추더니 천천히 손을 들었다.

"설마 나를 쏘려는 건 아니겠죠?"

"뒤돌아서서 옷을 벗어."

"……당신이라면, 나를 벗기려는 거라면 총은 필요
없어요."

"그게 아니라 등에 있는 문신을 보여달라고."

카를로스는 시키는 대로 했다. 사라는 카를로스의 등
에 새겨진 문신을 보았다. 별이었다. 별에서 뻗어 나온
빛살은 목과 어깨, 허리로 퍼져나갔다. 그리고 별의 한가
운데에는 흐르는 피를 연상시키는 글씨체로 GP3라는 문
구가 새겨져 있었다. 그 저주스러운 글자를 보자마자 사
라는 몸을 떨었다.

"언제까지 들고 있어야 하는 거죠? 이제 손을 내려도 될까요?"

사라는 곧 정신이 들었다. 고객에게 총을 겨누다니. 그것도 카를로스 샤샤 슐레캄프에게! 이 일을 어떻게 무마해야 할까. 그녀는 총을 얼른 핸드백에 넣고 입을 다물었다. 이런 상황이라면 차라리 아무 말 하지 않는 게 나을 수도 있었다.

"내가 처음에 말했죠. 이 도시에는 뭔가 익숙한 냄새가 난다고. 그 가면의 남자에게서 나던 냄새였어요. 오자마자 알았죠. 그리고 내가 다른 에이전트가 아니라 당신과 계약한 이유도 그거예요. 당신에게서도 그것과 비슷한 냄새가 나거든요."

어느 틈에 옷을 다시 입은 카를로스는 아까 따둔 콜라를 한 모금 마셨다.

"이 문신에 대해 뭔가 알고 있군요, 레이디 사라."

사라는 한참 대답하지 않았다.

"알고 있다면 말해줘요. 내가 오늘 당신을 부른 건 바로 이 이야기를 하기 위해서였으니까."

"좋아요. 대신 조건이 있습니다, 미스터 슐레캄프. 첫

째. 지금부터 하는 이야기는 우리 둘만 아는 비밀입니다. 둘째. 지금 여기서 어떤 이야기를 하든, 내일 계약하는 것은 변함이 없습니다. 약속해줄 수 있나요?"

그런 약속에 아무런 효력이 없다는 걸 알면서도, 사라는 그렇게 말할 수밖에 없었다.

"좋아요. 약속하죠."

사라는 일어나서 등을 돌린 채 옷을 벗었다. 카를로스가 자신의 등에 있는 문신을 볼 수 있도록. 등 한가운데서 양팔로 뻗어나간 아름다운 날개. 그리고 그 한가운데 새겨진 GP4. 그녀는 잠시 뒤에 다시 옷을 입었다.

"이제 알겠어요?"

카를로스는 놀라서 입을 다물지 못했다.

"나도 한 병 마셔도 되겠죠?"

사라는 냉장고에서 콜라를 한 병 꺼내며 말했다.

"그렇게 된 거야."

"그래서?"

"그래서라니?"

"결국 카를로스와는 자지 않은 건가?"

여자가 차갑게 쏘아본다.

"알고 싶은 게 그거야? 내가 누구와 잤는가 하는 것? 그게 그렇게 궁금해?"

"아니. 전혀 궁금하지 않아. 하지만 마치 그와 잘 것처럼 이야기를 시작했다가, 게다가 나중엔 둘이 같이 옷을 벗었다며. 호텔 방에서. 그런데 그 문제에 대해서는 아무런 언급도 하지 않고 넘어가니까 예의상 묻는 것뿐이지."

"솔직하지 못한 건 여전하네."

"아니. 난 굉장히 솔직하거든. 난 솔직히 이제 당신이 누구와 자는지 따위는 조금도 관심 없어."

"그러시겠지."

"그렇다니까."

이 여자와 이야기하다 보면 이렇게 된다. 어느 순간부터 화가 나기 시작한다. 지금처럼. 더 화가 나는 것은 앞으로 이 여자를 계속 만나야 한다는 사실이다.

저쪽 끝에 앉은 고릴라는 시계를 보면서 하품을 하고 있다.

6

자질구레한 세부를 제거하면 족구의 규칙은 놀랍도록 간단하다. 상대 코트에서 넘어온 공을 3회 터치 안에 다시 상대 코트로 넘기면 된다. 실패하면 상대가 1점을 얻는다. 터치는 무릎 아래의 다리와 머리로만 할 수 있다. 15점을 먼저 얻으면 1세트를 따고 2세트 혹은 3세트를 먼저 따내면 경기에서 이긴다. 한 팀은 네 명이지만 경우에 따라 다섯 명, 세 명, 두 명 혹은 단 한 명이 될 수도 있다. 공과 상대와 딱딱한 바닥만 있다면 언제나 누구나 족구를 할 수 있다. 산업사회와 도시가 발달하면서 족구가 세계를 지배하게 된 건 그러므로 결코 우연이 아니다.

우리의 삶은 족구로 점철돼 있다. 우리는 학교에 들어가기 전부터 골목이나 공터에서 족구를 한다. 재능이 있으면 족구부나 족구 클럽에 들어가고 그 재능이 월등하면 조기 족구 유학을 떠난다. 사정은 중고등학교 때도 비슷하다. 족구부는 운동장에서, 유소년 족구 클럽은 체육관에서, 유학파는 바다 건너 어딘가에서 공을 찬다. 그리고 나머지 대부분은 수돗가나 화장실 앞, 혹은 교실에서 책상을 앞쪽으로 밀어놓고 족구를 한다. 그중 일부는 족구 특기생으로 대학에 입학하거나, 곧장 세미프로 혹은 프로로 나선다. 운이 좋아 국제 대회에서 동메달 이상을 받으면 병역이 면제된다.

군대에 관해 말하자면 그 시기야말로 대한민국 모든 남자에게 있어, 적어도 족구에 관한 한 황금기라고 할 수 있다. 어쩌면 반대로 족구가 있기 때문에 군대야말로 대한민국 남자의 인생의 황금기라고 말할 수도 있을 것이다. 왜냐하면 군대 생활에서, 꼭 필요한 군사 활동의 나머지를 채우고 있는 것이 족구이기 때문이다. 작업이 끝난 후에, 훈련이 끝난 후에, 정비가 끝난 후에 어김없이 족구가 기다리고 있다. 부대가 모두 훈련이라도 떠나지 않는 한 족구장이 비는 법이란 없다. 어쩌면 군대란 족구를 언제든 내키는 대로 할 수 있게 만들어진 집단인지도 모른다.

관공서에 근무하는 공익 근무 요원도 전투경찰도 방위산업체 근무 요원도 시간이 날 때마다 족구를 한다. 함정에서 근무하는 해군도 갑판에서 족구를 한다. 어떻게 보면 이 나라에서 족구는 병역을 거의 완전히 포괄하는 말이라 할 수 있다. 그러므로 군대를 다녀왔음 직한 나이의 어떤 사람이 족구를 할 줄 모른다면 자연히 그는 군 생활을 어디서 했느냐는 질문을 받게 되는 것이다. 만약 그가 어떤 사정으로든 군대에 안 갔다고 말하면 그는 등 뒤에서 "어쩐지 조금 이상하다 했어" 하는 수군거림을 들을 각오를 해야 한다.

그러니 어떤 사람의 직업이 군인이라면 그가 족구를 아주 잘하지는 않더라도 적어도 어느 수준 이상은 된다고 보는 게 자연스럽다. 그러나 세상에는 족구를 전혀

할 줄 모르는 직업군인도 있기 마련이다. 나는 그중 한 명을 알고 있었고, 그가 군대에 있었던 긴 시간 동안 거의 손에 꼽을 정도로 했던 족구 시합 중 하나를 본 일도 있다.

그날은 부대의 체육대회 날이었고 수송계 간부였던 그는 규정상 억지로라도 대회에 참가해야 했던 모양이었다. 첫 번째 세트에서 그는 두 번의 서브와 세 번의 리시브를 모두 실패했다. 자기 앞에 공이 오면 어쩔 줄 몰라 당황하는 그의 모습을 보고 사람들은 웃었다. 처음에는 그저 우스워서, 나중에는 안쓰러워서. 세트가 끝날 때까지 젊은 사병이 그의 수비 범위를 커버했고 상대 팀도 예의상 그가 있는 쪽으로는 공격을 하지 않았다. 1세트가 끝나고 그가 손을 흔들며 코트를 떠나자 주위에 있던 사람들은 위로와 동정의 뜻으로 박수를 쳤다. 그는 그 경기가 다 끝날 때까지 심판석 옆에서 팔짱을 끼고 경기를 지켜봤다. 그리고 그 옆에 서서 당장이라도 도망치고 싶은 마음을 억누른 채 고개를 숙이고 있던 열한 살 소년은 나였다.

아버지가 족구를 잘 못했던 데는 여러 가지 이유가

있다. 우선 운동신경이라는 것이 거의 없었고 실수를 하면서도 나아지고자 하는 끈기도 없었다. 넘어지는 걸 두려워하고 실패하는 걸 꺼렸으며 남 앞에서 창피당하는 일도 피하고 싶어 했다. 그리고 무엇보다 살아가는 일에 바빴다. 그래서 아버지는 족구 공을 만질 기회를 놓쳤고, 족구 공과 같이 놀 기회를 걷어찼고, 그러다 마침내는 족구로부터 거부당했다. 나와 형은 각각 여덟 살과 열 살에 아버지와 하는 족구는 포기하고 우리끼리 놀았다. 두 아들에게도 거부당한 아버지는 결국 족구의 세계로부터 완전히 추방당할 수밖에 없었다. 그런 아버지가 시합에서 공이 날아올 때마다 당황한 건 당연한 일이었다. 하지만 그런 아버지를 부끄럽게 여기고 이후로 내심 무시하게 된 것도 열한 살 소년에게는 어찌 보면 당연한 일이었다.

2학년을 마치고 군대에 가기 위해 휴학계를 냈다. 영장을 기다리는 동안 수학 과외를 했고 번 돈으로는 갖고 싶었던 것들을 몇 가지 샀다. 학교도 가지 않고 할 일도 없었기 때문에 밤늦게까지 책을 읽거나 글을 썼고 때로는 술을 마셨다. 과외를 빠지는 날이 잦아졌고 그러던 어느 날 당연하다는 듯이 이제 안 와도 좋다는 연락을 받았다. 여자 친구와 만나는 것도 점차 뜸해졌고 그러다 결국 헤어졌다.

돈이 없으니 갈 수 있는 곳이라고는 도서관 정도가 전부였다. 매일 도서관에 간다고 집을 나섰지만 꼭 도서관에 갔던 건 아니었다. 집 밖을 떠돈 건 아버지와 마주치고 싶지 않아서이기도 했다. 아버지는 군대를 제대한 뒤 야간에는 공장 경비 일을, 낮에는 동네 통장 일을 하고 계셨기 때문에 낮에 집에 있으면 아버지와 마주칠 수밖에 없었다.

할 일 없는 휴학생이 동네 아저씨들의 족구 판에 끼어든 건 자연스러운 일이었다. 아저씨들은 통장네 막내를 알아보고 나를 그들의 경기에 끼워줬다. 처음에는 탐색이 있었다. 내가 왼발을 전혀 쓰지 않는다는 걸 알아차린 상대는 약삭빠르게 내 왼쪽으로 몇 번이나 공격을 날렸다. 해볼 테면 해보라지. 결국 포기하게 되는 건 상대였다. 나는 오른발만 쓰는 외발 플레이어지만 이 외발이 어지간한 양발보다 훨씬 안정적이라는 걸 그들은 받아들일 수밖에 없었다. 그럴 수밖에. 형을 이겨보려고 내가 이 오른발로 얼마나 열심히 연습했는데.

동네 공원의 플레이에 어느 정도 익숙해진 뒤에는 다른 동네의 조기 족구회를 전전했다. 아침마다 족구장을 찾아다녔다. 곧 군대에 갈 거라고 말하면 아저씨들은 아무 말 없이 연습에 끼워줬다. 시간이 맞으면 연습 경기를 볼 수 있었고 운이 좋으면 경기에서 뛸 수도 있었다. 족구를 집중적으로 한 덕에 실력은 조금씩 늘었다. 수비 범위가 넓어지고 리턴은 빨라졌으며 경기를 보는 눈도 깊어졌다. 군대 제대하면 꼭 자기네 팀에 오라는 말을 듣기도 했다.

그러나 동네를 떠돌던 그때는 늘 목덜미가 시린 기분이 들었다. 같은 경기장 안에서 공을 주고받고 있어도 아저씨들은 나를 동료로 여기지 않았다. 그들이 내게 원하는 것은 상대의 스파이크를 받아서 코트 안에 안정적으로 띄우는 것뿐이었다. 나 역시 그 이상은 하지 않으려고 했다. 물론 말은 나눴다. 성공적인 플레이를 할 땐 칭찬하고 아슬아슬한 플레이가 나올 때는 아깝다고 말해줬다. 하지만 그뿐이었다. 같은 코트에 있었지만 동료는 아니었다. 자기 자리에 공이 떨어지면 해결한다. 모든 책임은 자신이 진다. 내 주위에 벽이 있었다. 그 벽이 가끔 모습을 드러냈다. 실수를 했을 때나 경기가 제대로 풀리지 않을 때. 그럴 때마다 목덜미에 한기가 들었다.

그날도 여느 때처럼 조기 족구회의 연습을 구경하러 갔다가 연습 경기까지 참여하게 됐다. 그 조기회의 사람들은 라면을 사러 가는 슈퍼, 감기에 걸렸을 때 가는 약국, 보일러에 넣을 기름을 사러 가는 주유소, 동네 친구들과 가는 당구장, 목욕탕 1층에 있는 오락실에서 마주치는 얼굴들이었다. 집에서 제일 가까운 공원이었으니까. 즉 그곳은 내 구역이기도 했고 아버지의 구역이기도 했다. 내 실력을 아는 아저씨들은 통장네 막내가 왔다며 좋아했다. 이들은 내가 찾아다녔던 족구회 중 가장 실력이 떨어지는 축이었다. 연습이랄 것도 거의 하지 않았다. 모여서 간단하게 몸을 풀다가 인원이 맞으면 편을 갈라 서너 게임을 한 뒤에 밥을 먹으러 가는 게 주요 일과였다. 무엇보다 제대로 된 공격수가 없어서 나 혼자서도 수비 범위를 다 커버할 수 있을 정도였다. 실력도 별로였지만 플레이도 지저분한 데다 서로 사이도 안 좋은 지 종종 언성이 높아지기도 했다. 서로 잡아먹지 못해 안달인 것처럼 보일 때도 있었다.

일은 두어 게임이 끝난 뒤에 벌어졌다.

"이거?"

쌀집 아저씨가 손가락을 하나 세워 보였다.

"에이, 하려면 제대로 해야지."

정육점 아저씨가 말했다.

"그런데 통장네는 어떻게 하지?"

"걔도 하라고 해. 애인가?"

사진관 아저씨가 나를 잠시 쳐다보다 고개를 돌렸다.

"학생한테 무슨 돈을 내라고 해. 그냥 내기는 우리끼리 하지."

"학생이 왜 돈이 없어. 우리 딸이 나보다 더 많아."

돈이라니? 내기 족구를 하려는 걸까.

"그러면 사람 수가 안 맞잖아?"

"그러면 우리는 세 명이니까 네 개 하고, 그쪽은 네 명이니까 세 개 하고. 오케이?"

"야, 그건 좀 크지 않아? 4만 원이 누구네 개 이름도 아니고. 우리 팀에는 깍두기도 있잖아."

"그럼 뭐 2만 원, 1만 5천 원 하든가."

깍두기는 나겠지. 옥신각신하던 끝에 결국 3만 원 대 4만 원의 내기가 시작됐다.

음료수 내기 정도라면 학교에서도 해본 적이 있었다. 하지만 돈 내기라니. 만약 내가 끼게 되면 한 사람당 3만 원이겠지. 3세트만 제대로 하면 3만 원을 벌 수 있다. 어려운 일도 아니었다. 하지만 수중에는 한 푼도 없었다. 집에도 없고 은행에도 없다. 돈만 조금 있었다면. 돈은 없지만, 끼워달라고 말할까. 만약에 지면 그때 가서 갚 겠다고 말하면 되겠지.

저도 할게요.

그 말이 입에서 나오지 않았다. 왜인지 모르겠지만 그랬다. 그 말은 목에 콱 걸려서 뱉을 수도 삼킬 수도 없 었다. 나는 벙어리처럼 아무 말도 하지 못한 채 내 위치 에 섰다.

경기가 시작되자마자 서브가 날아왔다. 이상하게도, 공이 날아오는 주변이 흐릿해 보였다. 오른쪽 수비를 보 던 치킨집 아저씨는 평소 머리가 빠진다며 헤딩은 하지 않았다. 그런데 상대 팀 오른쪽에서 올린 서브는 높게 날아와서 코트 중앙에 떨어졌다. 그 거리면 발로 받으려면 멀리 물러서야 했고 그러면 코트와의 거리가 떨어져 정확성도 떨어질 수밖에 없었다. 그래서 내가 받으려고 오른쪽으로 나가려 할 때였다.

"마이!"

치킨집 아저씨가 팔을 내저어 나를 제지하더니 앞으로 나가며 머리로 공을 받았다. 그가 목에 반동을 주며 올린 공은 정확하게 세터에게 떨어졌다. 안정된 자세와 기민한 움직임이었다. 평소와 달랐다. 그만이 아니었다. 다른 사람들 역시 눈빛도 움직임도 달랐다. 사람은 그대로였지만 게임은 평소에 하던 그 게임이 아니었다. 뭐가 달라진 걸까. 어쩌면 공 때문인지도 몰랐다. 공은 무게가 조금 더 묵직했고, 스핀이 조금 더 날카로웠고, 바운드가 조금 더 불규칙했다. 하지만 공을 바꾼 기억은 없었다. 경기장의 공기가 더 농밀해진 기분도 들었다. 공간 감각이 묘하게 달라져서 네트의 높이나 사이드라인과 엔드라인의 길이도 평소와는 조금 다른 것 같았다. 모든 것이 낯설었다. 우리 편 선수들도, 상대편 선수들도, 그들이 하는 플레이도. 내게 날아오는 것이 족구 공인지, 내가 하고 있는 것이 족구인지, 내가 발을 딛고 있는 곳이 곡률 0의 평면인지, 코트가 네 개의 직각 내각을 가진 직사각형이 맞는지도 의심스러워졌다.

적의 때문이었다. 모든 플레이에, 날아오는 모든 공에 적의가 날을 세우고 있었다. 상대를 짓밟겠다는 마음. 어떻게든 상대의 약점을 찔러서 점수를 뺏어내려는 마음. 뺏기지 않고 뺏으려는 마음. 어쩌면 그것이 승부의 진짜 모습인지도 모르겠다는 생각이 들었다. 예의, 배려, 온정 따위의 나약한 장식들이 사라진 세계에 넘쳐나는 건 억세고 사납게 몰아치는 적의뿐이었다. 넘쳐나는 적의는 상대와 동료를 가리지 않았다. 상대에게 그런 만큼이나 이들은 자신에게도, 동료에게도 가혹하게 굴었다. 나는 그 세계에 섞여 들어갈 수 없었다. 나는 내기에 끼지 않았으니까. 그 속에서 내가 할 수 있는 거라고는 나를 지키는 것, 내게 오는 공을 처리하는 것, 내가 해야 하는 일을 하는 것뿐이었다. 나는 공이 오는 방향으로 쫓아갔고 공이 있을 것 같은 쪽으로 발을 내밀었다. 내 차례가 오면 서브를 넣었다. 공이 빠르게 넘어오

면 헤딩을 하거나 발을 내밀어 공을 코트 안으로 보냈
다. 서브를 넣고, 오른쪽 리시브를 하고, 서브를 넣고, 왼
쪽 리시브를 하고. 서브, 리시브, 서브, 리시브. 오른쪽,
왼쪽, 오른쪽, 왼쪽.

"지금 뭐 하는 거냐?"

"족구요."

"……괜찮냐?"

"네."

누군가 물었지만 돌아보지도 않고 건성으로 대답했다.

공과 코트와 네트. 그것이 세계의 전부였다. 나머지
는 유령이나 마찬가지였다. 공이 날아온다. 몸을 비틀며
공을 머리에 맞힌다. 누군가 그 공을 발로 찬다. 공이 코
트 안에 떨어진다. 누군가 그 공을 다시 한번 차서 네트
를 넘긴다. 공이 왼쪽에서 오른쪽으로 넘어간다. 그 공
이 다시 한번 왼쪽으로 넘어간다. 그다음은 다시 오른
쪽? 그대로 왼쪽? 공이 짧게 떨어진다. 왼발, 오른발, 왼
발로 뛰고 오른발을 내민다. 오른발 코 바로 앞에 떨어
진 공을 발끝으로 맞힌다. 스핀을 먹은 공이 똑바로 떠
오른다. 공이 반짝인다. 공이 다시 한번 코트를 넘어간

다. 다시 왼쪽. 다시 오른쪽. 내 위치로 돌아가야 한다. 코트 왼쪽 코너에. 공이 날아온다. 발을 내민다. 랠리. 랠리. 플레이. 플레이. 그리고 포인트. 또 포인트. 포인트. 포인트. 드디어 경기가 끝난다.

정신을 차려보니 손에 만 원짜리 석 장이 들려 있었다. 같은 팀의 아저씨들이 수고했다며 만 원씩 쥐여준 것이다. 서서히 정신이 돌아왔다. 몸이 식으면서 얼굴이 뜨거워졌다. 돈을 쥔 손에 땀이 번졌다. 어쩔 줄 모르고 서 있는데 누군가 내 어깨에 손을 올렸다. 돌아보니 아버지가 계셨다. 그때 나는 어떤 얼굴을 하고 있었을까.

그날 이후 조기 족구회에 나가지 않았다. 얼마 지나지 않아 영장이 나왔고 한 달 뒤에 입대했다. 영장이 나왔을 때는 공장에서 박스를 쌓는 아르바이트를 하고 있었다. 퇴근하면 오락실에 들렀다. 100원을 넣으면 한 시간은 버틸 수 있었다. 피곤한 몸에 정신까지 몽롱하게 만들어 집에 돌아오면 아버지는 이미 출근하신 뒤였다. 아침이면 아버지가 돌아오시기 전에 집에서 나갔다. 군대 가기 전날 저녁에 가족들이 다 같이 모여 식사를 하기로 했지만 친구들과 약속이 있다며 나가버렸다. 혼자서 돌아다니다 12시가 넘어서 들어왔다. 다음 날 아침에 일어나 아르바이트로 번 돈을 모두 어머니에게 드렸다. 그중에는 내기 족구로 번 돈 3만 원도 포함돼 있었다. 아버지가 퇴근하실 때까지 기다렸다가 큰절을 드리고 나왔다. 아버지는 별말씀이 없으셨다. 몸 건강히 잘 다녀오라고 하셨던 것 같다. 그리고 또 잘할 거라고, 잘될 거라고 말씀하셨던 것도 같다. 무슨 뜻인지는 몰랐지만 그저 알겠다고만 대답했다. 마지막까지 아버지의 눈을 똑바로 보지 못했다.

지금도 그때 일을 생각한다. 그때가 아버지를 마지막으로 보는 날이란 걸 알았다면 잘 봐둘 걸 그랬다고.

7

　문을 열고 들어가자 숨이 턱 막혔다. 갑자기 아열대 지방의 숲속에 뛰어든 느낌이었다. 꽃과 나무와 풀의 냄새가 습한 공기를 꽉 채우고 있었다. 좁다고 할 수 없는 화원에는 기괴한 모양의 잎과 색색의 꽃이 가득했다. 이건 튤립, 이건 장미, 이건 안개꽃, 이건 음…… 백합과 비슷한 것 같은데 자신할 수는 없고. 또 이건 서양난이고, 이건 카네이션, 이건 국화……인가. 이건 어디선가 많이 본 것 같은데. 꽃 이름을 하나씩 말해보다가 결국 포기했다. 눈에 익은 꽃보다 그렇지 않은 꽃이 더 많았다. 그런데 그 자식은 이런 곳에서 도대체 뭘 하는 걸까.

"어."

소리가 나는 쪽을 돌아봤다. 한눈에도 화원 주인으로 보이는 남자가 서 있었다. 비닐 앞치마, 흙으로 더러워진 장화, 허름한 셔츠, 동그란 안경, 그리고 손에 낀 목장갑까지. 그는 한 손에 모종삽을, 다른 한 손에는 작은 화분 하나를 들고 있었다. 만약 이게 변장이라면 너무나 완벽해서 오히려 화원 주인이 아닐 게 분명하다고 생각할 정도로 완벽한 차림이었다.

"어."

나도 짧게 알은체를 했다. 도대체 어떤 식으로 인사를 하면 좋을지 알 수 없었다. 상대도 마찬가지인 게 분명했다. 우리는 한동안 말없이 마주 보고 서 있었다.

"잠깐 기다려주겠나?"

"그러지. 시간은 많으니까."

"지금 옮겨 심지 않으면 안 되는 게 있어서."

"응. 그래. 시간은 많으니까."

기다리라고 말해놓고 그는 머뭇대며 서 있었다. 당황

하고 있는 게 분명했다. 그리고 똑같은 말을 두 번이나 한 걸 보면 나 역시 적잖이 당황하고 있었다.

"사무실에라도 들어가 있지 그래?"

"신경 쓰지 마. 나는 찬찬히 구경이라도 하지."

그는 10분쯤 지나서 돌아왔다. 나는 그동안 꽃들을 둘러보며 다시 한번 이름들을 떠올려보고 있었다.

"안으로 들어가지."

화원 한쪽 구석에 간이 벽을 세워 만든 사무실에는 낡은 사무용 책상과 비닐을 씌운 작업대, 그리고 등받이가 없는 낡은 나무 의자 두 개가 있었다.

"차를 마실 텐가? 허브티가 있는데."

"커피는 없나?"

"그럼 커피를 끓여 오지."

잠시 뒤 그는 김이 피어오르는 커다란 머그잔 두 개를 들고 돌아왔다.

"로스팅한 지 며칠 돼서 맛은 장담할 수 없네."

약간 신 듯했지만 그럭저럭 고소하고 깊은 맛이었다.

"좋군."

"고맙네."

"가게가 참 멋진데."

"어려서부터의 꿈이었거든. 꽃을 가꾸는 것."

"조금 의외인데."

"그래?"

"응. 그래."

"그렇군."

"응. 그렇다고."

할 말이 떠오르지 않았다. 입을 다물고 있는 게 어색해서 나도 모르게 호주머니에서 담배를 꺼내 물었다.

"여기는 금연이네. 식물들은 굉장히 민감해서."

"아. 미안. 나도 모르게 그만."

다시 어색한 침묵이 흘렀다.

"정말 멋진 가게야."

"고맙네."

다시 침묵. 이번 침묵은 좀 길었고, 커피가 약간 식을 때까지 이어졌다. 결국 그가 먼저 조심스럽게 입을 열었다.

"자네 친구 일은 미안해."

"그러니까 말이야!"

나는 벌떡 일어났다.

"그것부터가 말이 안 되는 거야. 그것뿐만이 아냐. 끝까지 말 안 되는 일투성이야. 내가 왜 너와 함께 팀을 맺어야 하지? 말하자면 너는 내 원수야. 거짓말을 조금 보태면 널 만나기를 바라지 않았던 날이 하루도 없어. 저번 주에 우리가 조금 더 일찍 만났다면 둘 중 하나는 쓰러졌을 거야. 10분, 아니 15분만 네가 빨리 나왔어도 앙드레나 사라가 나타나기 전에 우리의 승부는 끝났을지도 몰라. 그러니까 왜 내가 철천지원수와 한 팀이 되어야 하느냐 말이야. 게다가 넌 악당이잖아. 너한테 쓰러진 사람이 얼마나 많은데. 게다가 네 플레이가 얼마나 잔인하고 악랄했는지는 네가 더 잘 알 거 아냐."

"그건 상대적인 문제가 아닐까."

"상대적인 문제라니. 그래, 그건 잠깐 넘어가기로 하고, 도대체 이건 무슨 짓이야. 천하의 팬텀이 화원이라니. 너와 꽃이 어울리는 장면이 딱 하나 있어. 네가 스파이크를 하고 상대가 쓰러지면 배경으로 붉은 꽃잎이 펄펄 휘날리며 떨어지는 거야. 마치 핏방울처럼. 아니면 네가 쓰러뜨린 희생자의 장례식에 화환이 들어서는 거. 그것 말고는 없어. 너는 무덤에 꽃 한 송이는커녕 풀 한 포기도 자라나지 않을 인간이잖아. 도대체 팬텀에게 꽃이라니, 이게 말이나 된다고 생각해?"

"자네도 게임을 하잖아."

"난 원래 게임을 좋아했어."

"나도 원래 꽃을 좋아했어."

"자네와 꽃은 어울리지 않아!"

"아니. 썩 잘 어울린다고 생각하는데. 그러는 자네야말로 게임 같은 것과는 전혀 안 어울리는데. 그건 움직임이 꽤 기술적이고 정교해야 하는 거 아닌가?"

"난 움직임이 기술적이고 정교해. 그래서 게임과 어울려."

"아니. 자네 움직임은 감정적이야."

"어쨌건 자네는 정말 꽃과 안 어울려. 지금은 화원 주인으로 변장하고 있지만 자네는 여기에서 추방돼야 할 사람 1순위야."

"하지만 이건 변장이 아니고 나는 이곳의 주인이야."

"그리고 이 어색한 분위기도 마음에 안 들어. 보이스카우트 캠프에서 처음 만나서 같은 텐트를 쓰게 된 소년들 같잖아."

"그건 인정하지. 좋은 비유야. 나도 지금 적응하려고 애쓰는 중이네."

"빌어먹을."

다시 침묵이 찾아왔다. 팬텀은 제법 심각한 얼굴이었다. 하지만 '팬텀'이라고 부를 만큼 무서운 얼굴은 아니었다. 이번에는 내가 침묵을 깼다.

"커피 좀 더 주겠나? 소리를 질렀더니 목이 타는군."

군말 없이 다시 커피를 타 온 팬텀은 이번엔 한쪽의 책상에 앉아 뭔가를 만들기 시작했다. 손님을 불러놓고 예의가 없군. 아직 가라앉지 않은 부아를 삭이며 물었다.

"뭐 하는 건가?"

"리스를 만들고 있네. 손님이 기다리고 있어서 언제까지고 자네와 시간을 허비할 순 없어."

"뭘 만든다고?"

"리스. 크란츠라고도 하고. 이렇게 이야기해도 모르겠지. 줄기와 꽃과…… 그리고 그 밖에 이런저런 것들을 섞어서 만드는 둥근 벽걸이 장식이야. 완성되면 알아볼 수 있을 거네. 리스에는 손님을 환영한다는 의미가 있네. 그렇다고 내가 오늘의 손님을 환영한다는 뜻은 아니지만. 현대에 리스는 오히려 장례식에 없어서는 안 될 장식이지."

"자네와 딱 어울리는군."

"글쎄…… 그럴까. 아름다운 리스는 황금비를 따르지. 리스의 주제는 무한이야. 아니, 그보다는 영속이라고 해야 하나. 끝도 시작도 없다고는 하지만, 이 경우에는 끝이 곧 시작이지."

나는 커피를 한 모금 넘겼다.

"말하자면 하나의 관계가 끝이 나고, 다시 또 하나의 관계가 시작되는 거지."

"좋은 말이군. 마음에 드는 건 아니지만."

팬텀은 내 쪽으로는 고개도 돌리지 않은 채 열심히 줄기를 구부리고 꽃을 꽂았고, 나는 곁에 앉아 그가 화환을 만드는 걸 구경했다. 꽃향기와 커피 향이 부드럽게 섞이고 있었다.

"아이비를 좀 집어주겠나?"

"이거?"

"아니, 그 옆에 있는 거."

팬텀은 한참 말이 없었다. 아무래도 지금이 좋은 기회

인 것 같아서 조심스레 말을 꺼냈다.

"내가 이제부터 뭘 좀 물을 건데…… 이상하게 생각하지는 말아줘. 딱히 호기심 때문이 아니라, 앞으로 동료가 될 거라면, 물론 동료가 될 생각이 있다는 건 아니지만, 일이 그렇게 돌아가니까 역시 이런 부분은 확실히 해둬야 할 것 같아서 말이야. 무슨 말인지 이해하겠지? 그러니까 내 말은 어떤 미묘한 건 타이밍을 놓치면 다시 물어보기가 껄끄러워서 나중에는 다시 묻기가……."

"혹시 이름이라면, 내 이름이 맞네. 정별꽃. 부모님이 지어주신 이름이지."

"그렇군. 그래. 음. 좋아. 좋은 이름이라고 생각했어. 그렇지. 음. 그럼 두 번째 질문인데……."

팬텀은 만들던 걸 잠시 손에서 놓았다.

"교도소에 있었네. 2년 동안. 무슨 생각을 하는지 알겠지만, 그런 게 아니야. 죄목은 절도와 주거침입이었어. 이게 궁금한 게 맞나?"

"맞아."

"부연하자면, 내가 훔친 건 어떤 식물이었어. 어느 수집가에게서 훔쳐서 원래 주인에게 돌려줬지. 이 정도면 궁금증은 다 풀렸나?"

"아니. 금방 새로운 질문이 생각났어. 내가 그걸 물을 거라는 걸 어떻게 알았지?"

"팬텀이니까."

대화의 소득이 있었다. 나는 오랫동안 그가 아주 잔인하고 악랄하다고만 생각했다. 그런데 그렇지 않았다. 그는 잔인하고 악랄한 데다 재수 없기까지 했다.

돌아갈 때쯤 꽃에 대해서 물었다.

"이건 동백인가?"

"아니. 개양귀비라네."

"이건 백합?"

"아니. 수선화일세."

"그럼 이게 백합인가?"

"참나리라네. 뭐, 비슷해. 영어로는 타이거 릴리라고 하니까."

"이건 빨간 무궁화로군. 그렇지?"

"보통은 히비스커스 또는 부상화라고 하지."

"그렇다면 이건 장미가 맞지?"

"장미라고 할 수 있지. 그런데……."

"그런데?"

"우리끼리는 비비안이라고 부르네. 1만 5천 종의 장미 가운데 하나지."

"그래도 맞힌 거지?"

"다섯 살짜리도 이게 장미라는 건 알고 있어."

"너무 인색하군. 맞혔다고 해주면 안 되는 건가?"

내가 이렇게 말하자 팬텀은 눈을 동그랗게 떠 놀랐다는 표정을 짓고 말했다.

"어떻게 알았지? 잘 맞혔어. 그건 장미라네. 굉장히 어려운 건데 용케 잘 알아봤어. 훌륭해. 자네는 정말 꽃에 대해 많은 걸 알고 있군그래. 자네처럼 꽃에 대해 많이 아는 사람은 처음 봤네. 도대체 그 많은 지식을 어디에서 다 얻은 건가? 소년 식물도감?"

역시 재수 없는 자식이 맞았다.

앞으로 이 녀석과 한 팀을 이룰 생각을 하니 막막했다. 게다가 다른 동료 하나는 사라다. 둘 다 누가 더 사이가 나쁜지 가릴 수 없을 정도로 최악의 플레이 메이트다. 그렇다면 이제 남은 건 카를로스뿐이다.

8

모든 군인은 족구를 한다고 앞에서 적어놓았지만 훈련이 끝나도, 심지어 전투 체육이 있는 날에도 족구를 할 수 없는 군인들도 있다. 바로 훈련병이다. 검은 작대기 하나도 달지 못한 훈련병에게는 족구를 할 시간도 장소도 없다. 무엇보다 족구를 하기 위해 필요한 단 한 가지, 족구 공이 없다. 그러므로 만약 어떤 사람이 족구를 그만두기로 마음먹는다면 훈련소만큼 좋은 곳은 없다.

아버지가 내 어깨에 손을 올렸을 때 놀라서 아버지의 얼굴을 돌아봤다. 아버지에 대해서 많은 걸 잊었고 그래서 떠올리려 해도 잘 떠오르지 않지만, 그래도 뭔가 떠올리려 하면 제일 먼저 떠오르는 건 그때 아버지의 눈빛이다. 어쩌면 눈빛 때문에 다른 건 기억나지 않는지도 모르겠다. 난 늘 아버지의 눈빛을 보고 내게 무엇을 원하시는지, 그걸 무시하려면 어떻게 하면 되는지 바로 알아내고는 했는데, 그날만은 아버지는 내게 아무것도 원하지 않으셨고 그래서 난 아버지의 눈빛에서 아무것도 알아차릴 수 없었다. 그래서 그 눈빛을 무시할 수도 없었다. 그래서 그 눈빛이 무서웠다.

그날 내가 족구를 하는 걸 보며 아버지는 무슨 생각을 하셨던 걸까. 오랫동안 생각해봤지만 끝내 답을 찾을 수 없었다. 집에 오는 동안 왜 내 어깨에 한 번 더 손을 올리셨다가 슬그머니 내리셨는지도. 그날 일을 떠올려보려고 할 때마다 거대한 벽이, 즉 아버지의 눈빛이 생각을 가로막는다. 억지로 더 떠올리려 하면 생각나는 건 내 발끝으로 빠르게 밀려왔다 사라져가는 보도블록의 무늬, 그리고 주머니에 집어넣은 손안에서 축축하게 젖어가는 지폐의 감촉이다. 그리고 집까지 함께 걸어오며 우리가 나누었던 침묵도.

집 근처에 이르렀을 때 아버지는 딱 한 마디를 하셨다.

"이놈아, 돈이라도 떨어졌나? 왜 이렇게 땅만 보고 걷나?"

웬일인지 나는 그 순간 족구를 그만둬야겠다고 마음먹었다.

후반기 교육에서도, 공수 교육장에서도 족구장 근처에는 가지 않았다. 대신 전투화를 닦고 담배를 피우고 가족 혹은 친구들에게 편지를 썼다. 한번은 큰마음을 먹고 집에 전화를 걸었다.

"여보세요?"

"저예요, 어머니."

"둘째냐?"

"네. 건강하세요?"

"목소리가 왜 그러니? 몸은 괜찮니? 여보, 둘째 전화 왔어요. 잠깐 기다려라. 아버지 바꿔줄게."

곧이어 아버지의 목소리가 들렸다.

"그래, 지금 어디냐?"

"저 경기도 광주예요."

"진작 좀 전화하지. 네 엄마가 전화 많이 기다렸다. 거기서 무슨 교육 받고 있나?"

"공수 교육요. 저 특전사 배치받았어요."

"……"

"공수부대요."

아버지는 한참 말이 없으셨다. 나도 더는 할 말이 없어서 잠자코 있었다. 포병이었던 아버지는 공수부대라면 그저 살벌한 곳이라고만 알고 계실 터였다. 족구와 소설밖에는 모르는 아들이 그 험한 부대에서 과연 잘 견뎌낼까 걱정하시리라는 걸 알 수 있었다. 잘 지내고 있으니 걱정 마시라고 말하고 싶었지만 목소리가 제대로 나오지 않았다. 공수 교육을 받으며 악을 쓰느라 쉬어버린 목은 아버지와 전화 통화를 하는 사이에 더 깊이 잠겨버렸다. 목에 가래라도 걸린 것처럼 몇 번 헛기침을 했다.

"다음 주면 교육도 끝나고요, 자대 가면 또……."

말을 제대로 맺지 못했다. 다시 한번 헛기침을 했다.

"건강하고 몸조심해라. 고참들 말 잘 듣고."

자대에 도착해서는 전공과는 상관없이 의무대에 배치됐다. 처음 몇 달은 정신없이 흘러갔다. 해야 할 것과 하지 말아야 할 것들, 말해도 되는 것과 말해서는 안 되는 것들, 생각해도 되는 것들과 생각하더라도 입 밖에 내서는 안 되는 것들에 대해서 배웠다. 적응은 그리 어렵지 않았다. 그저 내 자리에서 내가 해야 할 일들을 배우는 것뿐이었으니까.

어느 날 집에 전화를 했다가 아버지가 입원하셨다는 이야기를 들었다. 병명은 흉막염이었다. 2대대 군의관에게 물어보니 별거 아니라고, 나이 드신 분이 몸이 힘들면 잘 걸리는 병이라고 했다. 일주일 정도 입원하면 된다고도 했다.

얼마 뒤 점심 무렵 지원관으로부터 호출이 있었다. 그는 나를 앉혀놓고 휴대전화로 어딘가에 전화를 걸더니 몇 마디를 하고는 곧 나를 바꿔줬다. 액정에 찍힌 번호는 눈에 익었지만 누구 것인지 얼른 생각나지 않았다. 어떤 예감이 다가오고 있었다.

"통신보안."

"여보세요? 재욱이니?"

형의 목소리였다.

"아버지 돌아가셨어."

그다음의 일이 선명하게 기억난다.

선임들이 옷을 챙겨주던 것, 지원관이 휴가 때의 행동 수칙을 일러주고는 정문까지 태워준 것, 휴가증을 위병소에 보여주고 부대 정문을 나온 것, 그때 몇 달 만에 처음으로 맡은 부대 밖 공기의 냄새, 햇빛의 색과 온도, 택시 기사의 뒤통수와 그가 나를 내려놓은 화곡역, 그 앞의 간판들과, 역 구내의 소음과, 내가 스쳤던 모든 사람들의 옷 색깔이 만든 스펙트럼, 영등포구청역, 신도림역, 그리고 통학하느라 타고 다녔던 지하철 1호선, 익숙한 창밖의 풍경, 점점 가까워지는 집, 역 앞에서 탄 익숙한 노선의 버스, 집 앞의 버스 정류장, 가끔 약을 사러 가던 약국, 아버지가 퇴근해서 돌아오시던, 형과 함께 족구를 했던 골목, 그리고 내가 자란 집, 석 달 동안 떠나 있었던 집, 그 집을 오르는 내 발소리, 석 달 만에 돌아온 내 무겁고 딱딱한 발소리, 그리고 우리 집 현관문, 공수부대 이병이 되어 돌아와 열게 되는 문, 그리고.

부대로 돌아올 때는 왼쪽 가슴 주머니에 상장을 달았다. 슬프지도 우울하지도 화가 나지도 않았다. 내가 하지 않으면 안 될 일들이 있었고 그 일들을 하는 것만으로도 벅찼다. 약장을 정리하고 처방전을 자르고 재고를 파악하고 밀린 장부를 정리하고 식사를 타러 가고 식기를 정리했다. 그것 말고도 할 일은 끝이 없었다. 궂은일과 그렇지 않은 일들 모두 내 몫이었다. 가끔 집 생각이 나면 복도나 변기를 닦고 빨래를 갰다. 시간이 지나자 간부들도 고참들도 하나둘 내게서 걱정스러운 시선을 거뒀다. 선임 하나가 툭하면 밑도 끝도 없이 괜찮으냐고 물었지만 그때마다 괜찮다고 대답했다. 거짓말은 아니었다. 나는 정말로 괜찮았으니까.

휴가를 나갔지만 집은 달라진 게 없었다. 나도 달라진 게 없었다. 어머니가 가끔 느닷없이 울음을 터뜨리셨지만 내가 할 수 있는 일은 없었다. 울음이 그치기를 기다리는 것밖에는. 휴가가 끝나서 얼른 부대에 복귀하기를 기다리는 것밖에는.

시간이 아주 빠르게, 동시에 아주 느리게 흘렀다. 가을에는 후임 두 명이 연이어 들어왔다. 나는 선임들에게

123

당한 것에서 한 줌가량 덜어낸 정도로만 후임들을 몰아
세웠다. 그건 내가 하고 싶어서 하는 일이 아니었고, 내
가 하고 싶지 않다고 해서 하지 않을 수 있는 일도 아니
었다.

　당신은 투덜거리고 싶을 것이다. 도대체 군대 이야기
는 언제까지 할 셈이냐고. 나라고 좋아서 군대 이야기를
하는 건 아니므로 이쯤에서 그만두고 싶다. 그러나 그
전에 하지 않으면 안 되는 이야기가 두 가지 있다. 하나
는 족구를 다시 시작하게 된 일이고 다른 하나는 상관
에게 욕을 한 일이다. 두 일은 같은 날 같은 곳에서 일어
났고, 그래서 하나를 말하려면 다른 것도 말해야 한다.
지금부터 하려는 게 그 이야기다.
　고백하자면 나는 단 한 번도 이 이야기를 제대로 해
본 적이 없다. 언젠가 그럴 만한 때가 됐을 때 누군가에
게 들려줘야겠다고 생각하고 있었을 뿐. 이 이야기를 하
는 상상을 곧잘 해봤는데, 마치 손을 볼 때마다 애초의
모습과는 조금씩 달라지는 소설처럼 그때마다 이야기
는 조금씩 달라졌다. 그러나 그건 내 책임이 아니다. 이

이야기에는 제대로 기억나지 않는 부분이 있고 그 부분은 어떻게든 메워야 하니까.

나는 최선을 다해 이렇게 말할 수밖에 없다.

대륙간컵 대회 기억나? 한국이 4강까지 올라갔지. 내가 일병 때였어. 기본적으로 군인들은 다 족구 선수라고 말했지? 생각해봐. 한국이 4강까지 올라가는데 그 사람들이 가만히 있을 수 있겠어? 대회 중에는 온 부대가 난리였어. 어디서나 족구 시합이 벌어졌지. 16강부터는 우리나라 경기가 있을 때마다 훈련이나 교육 일정이 아예 취소됐어. 다들 중계를 봐야 했으니까. 내가 있던 의무대도 마찬가지였어. 간부들, 환자들, 의무병들 모두 자기들끼리 모여서 TV로 중계를 봤지. 그리고 중계가 끝나면 다들 족구장으로 뛰쳐나가는 거야. 누군가는 진료실에서 전화 대기를 하고 있어야 했고, 그게 나였어.

그런데 족구를 하려면 한 팀에 네 명씩 모두 여덟 명이 필요해. 정 사람이 없으면 한 팀에 세 명씩 여섯 명이서 할 수도 있지만 그건 진짜 족구가 아냐. 어쨌든 그날은 사람이 딱 여덟 명밖에 없었어. 나를 포함해서. 그래서 의료 지원을 나간 군의관 한 명을 기다렸지. 그런데 그 군의관이 복귀했다가 바로 퇴근해버리는 거야. 남아서 기다리고 있던 사람들이 얼마나 황당하고 열받았겠어. 그래서 에라 모르겠다, 하고 그냥 족구 시합을 하기로 했지. 모자라는 한 명은 의무대 앞을 지나가는 병사든 간부든 아무나 잡아서라도 메울 셈이었을 거야. 그런데 그런 사람도 없었는지, 결국 나를 불러낸 거야. 미리 말하지 않았지만 실은 자대 배치를 받고 딱 한 번 족구를 할 뻔한 적이 있기는 했어. 이병 때였는데, 사람이 없으니까, 그리고 아무리 개 발이라고 말해도 안 믿어주더라고. 응? 개 발. 개 발이라고. 개의 발. 공을 아주 못 찬다는 소리지. 어쨌든, 족구를 못하는 척을 해야 했어. 그래서 전투화도 일부러 불편한 걸로 신고 바지도 조금 흘러내리게 한 다음 자기암시를 막 걸었어. 난 지금 깁스를 해서 무릎이 안 굽혀진다, 뭐 그렇게. 한 세트 하니까 바로 빼주더라고. 그래서 이번에도 그때처럼 하면 되겠구나 생각했지. 불편한 신발에 불편한 바지에 자기암시. 2대대 군의관이랑 같이 수비를 봤는데 내가 할 일은 공이 오면 비키는 게 전부였어. 나머지는 군의관이 알아서 했지. 두어 번 헛발질만 해주면 곧 끝나겠구나 생각했어. 그리고 정말로 그럴 수 있을 것 같았지. 내기가 시작되기 전까지는.

2천 원짜리 내기였어. 요즘 같으면 아무것도 아니지. 커피 한 잔 값도 안 되니까. 하지만 그때는 그게 컸어. 군인이잖아. 2천 원이면 자판기 커피가 열 잔, 아이스크림이 다섯 개, 중성 펜 두 자루, 소시지 네 개, 초코파이 열 개였어. 지금은 물가가 올라서 달라졌겠지만 그때는 그랬어.

그런데…… 내기를 시작한 건 기억하는데 그다음부터는 잘 생각이 안 나. 어느 순간 보니까 내가 같이 족구를 하고 있더라고. 신발이나 바지 같은 건 전혀 문제가 안 됐어. 자기암시도 어느 틈엔가 날아가버리고.

자랑은 아니지만 나는 족구를 좀 하는 편이야. 아주 잘하는 건 아냐. 대한민국에서 족구를 하는 남자를 실력 순으로 열 명 세우면 난 앞에서 세 번째쯤 될 거야. 그런데 그때 같이 족구를 했던 사람들의 평균은 일곱 번째나 여덟 번째쯤 됐어. 잘하는 사람이 다섯 번째. 못하면 아홉 번째. 그러니 경기가 갑자기 이상해졌겠지. 나 때문에.

내가 그 일들을 아예 기억 못 하는 건 아냐. 어느 정도 기억이 나기는 해. 그런데 떠오르는 게 아무래도 내 기억이라는 기분이 안 들어. 이인증이나 탈자기화, 뭐 그런 거였나 봐. 심리학은 잘 모르지만. 나중에 들은 이야기인데, 내가 그때 좀 이상했대. 사람들이 불러도 대답도 안 하고 농담을 해도 반응하지 않고, 그냥 족구만 하고 있었던 거지. 혼자서 계속 뭐라고 중얼거리면서. 2대대 군의관은 내가 혼잣말로 욕을 하고 있었다고 하더라. 그 뒤 있었던 일을 보면 그랬을 것 같기도 해.

확실한 건 아니지만, 내가 기억하는 건 이래.

갑자기 경기가 멈췄어. 옆에 있던 2대대 군의관이 서브하려고 공을 들고 있다가 내 가슴에 던졌어. 퇴장감이지. 나는 공을 주워 왔어. 서브를 해야 하니까. 그런데 2대대 군의관이 나한테 오더니 내 가슴을 미는 거야. 그래서, 서브하는 데 방해가 되니까 나도 그 손을 확 밀었어.

"씨발! 일주일이면 낫는다며!"

누가 한 말인지는 몰라도 어쨌든 그 말이 효과는 있었어. 순간 조용해지더라고. 그런데 군의관이 갑자기 나한테 주먹을 날리는 거야. 피하느라 휘청거렸지. 어쨌든 경기는 계속해야 했으니까 서브를 하려고 공을 던져 올렸어. 그리고 그걸 차려는데 갑자기 누가 내 어깨를 잡더라. 멈칫했어.

일어나보니까 진료실이었어.

그렇게 된 거야.

9

카를로스의 개인 트레일러 안은 별천지였다. 옷장, 샤워장에 미니 홈 바까지 있었다. 경기를 마친 카를로스는 가운데 놓인 고급 소파에 푹 파묻혀 있었다.

"오늘 시합 봤어. 굉장하더군."

"네. 나도 당신이 관중석에 앉아 있는 걸 봤어요."

세계적인 스타플레이어와 무슨 말을 나누면 좋을까. 내가 입을 다물고 있었더니 그는 잠시 후 일어나 냉장고에서 콜라를 꺼냈다. 사라의 말대로 냉장고에는 콜라가 가득했다. 목을 축인 그가 입을 열었다.

"그거 아세요? 제이미는 왼발 뒤에 약점이 있어요. 7시 반 방향으로 한 뼘 반 거리예요."

오늘 상대한 제이미 볼트를 말하는 모양이었다.

"그 자리로만 넣으면 무조건 성공할 수 있어요. 물론 계속하면 안 되죠. 그러면 그도 그 약점을 알아차릴 거 아니에요?"

그는 땀을 닦은 수건을 동그랗게 말더니 구석의 빨래 바구니를 향해 차 넣었다. 수건은 정확하게 바구니 안으로 들어갔다.

"밖에서 보기에는 어땠나요? 오늘 사이드가 조금 꼬이는 것 같지 않던가요?"

"무슨 사이드?"

"내가 보기에는 아주 엉망이었어요. 지금 세계적인 클럽들은 모두 로컬 세팅을 쓰고 있어요. 멍청한 감독들이나 그걸 눈앞에 두고도 모르죠."

무슨 말을 하는지 알 수 없었다.

"나는 솔직히 우리 감독을 이해할 수 없어요."

"감독이라면 그 불도그처럼 생긴?"

"아뇨. 우리 감독 말이에요. 앙드레."

"아."

카를로스와 내가 같은 팀이라는 사실을 까맣게 잊고 있었다.

"우리는 다른 세계에 살고 있어요. 척 보면 알 수 있죠. 과학자들이 뭐라고 하는지 아세요? 3차원 안에 다른 차원이 숨어 있다는 거예요. 12차원 정도가 아주 미세한 공간에 꼬여 있대요. 하지만 그런 건 과학자가 아니더라도 족구장에 있어보면 누구든 알 수 있는 거예요. 들어보세요. 선수 한 명이 있으면 한 차원이 생겨요. 한 명이 늘어날 때마다 한 차원이 증가하는 거죠. 코트는 제일 처음에, 그리고 네트가 그다음으로 생기는 거예요. 그러면 모두 열 개죠. 거기에 열한 번째로 심판이 등장하고, 마지막으로 공이 등장함으로써 12차원이 완성되는 거죠. 이해하시겠어요?"

"그래. 확실히 그렇군. 그렇게 해서 12차원이라는 말이지. 그런데 그게 앙드레와는 무슨 관계지?"

"이건 우주적인 문제라고요. 앙드레와 나는 다른 차원에 속해 있어요. 내가 당신과 다른 차원에 속해 있는 것처럼. 이건 내가 말하는 게 아니라 과학자들이 그렇게 말하는 거예요. 이게 바로 진짜 과학이라고요. 하지만 보보가 당신은 믿어도 좋다고 했어요."

"보보가 누군데?"

"나더러 한국에 가라고 한 주술사 말이에요. 보보는 셀레스티나예요. 이건 당신만 알고 있어요, 써니보이. 셀레스티나는 여덟 살에 밀림에 버려져 재규어에게 잡아먹혔어요. 그래서 그 애를 화나게 하면 안 되기 때문에 사람들은 보보에게 술과 담배를 갖다주죠. 어쨌든 내가 이런 이야기를 하는 건 우리가 같은 강물에 발을 담그고 있기 때문이에요."

그때 전화벨이 울렸다.

"잠깐만요."

전화를 받은 카를로스는 잠시 아무 말도 없다가 손으로 수화기를 가리고는 내게 물었다.

"혹시 스페인어 할 줄 아세요?"

내가 모른다고 하자 그는 갑자기 손짓을 섞어 스페인어로 떠들어대기 시작했다. 채소 상인이나 어시장 경매인 같은 말투였는데, 목소리만으로는 화를 내는 건지 사랑의 노래를 읊조리는 건지 도저히 알 수 없었다.

"어머니였어요."

전화를 끊고 카를로스가 말했다.

"매일 시합이 끝나면 전화를 했는데 오늘은 깜박 잊고 전화를 못 했어요. 어머니는 요즘도 내가 어느 날 갑자기 없어질까 봐 걱정하고 계시죠."

"우리 어머니도 돌아가시기 전까지는 늘 그러셨어. 우리 어머니는 오죽했으면……."

"아, 잠깐만요."

카를로스가 내 말을 막았다.

"콜라 좀 드실래요? 난 좀 더 마셔야겠어요."

"아니. 난 됐어. 콜라를 마시면 입이 텁텁해져서."

커튼 사이로 보니 차는 마포대교쯤을 지나고 있는 것 같았다. 카를로스가 내준 시간은 이제 길어야 30분 정도밖에 남지 않았다. 그 시간이 지나면 차는 클럽 앞에 도착할 것이고 그러면 나는 아가씨들에 둘러싸여 클럽 안으로 들어서는 그의 뒷모습을 눈으로 좇다가 집으로 돌아가야 한다. 물론 차가 목적지에 도착하기 전에 샤워를 해야 할 테니까 이야기할 수 있는 시간은 더욱 짧아

진다. 낭비할 시간이 거의 없는데도 이야기는 자꾸만 헛돌았다. 아니, 이야기라고 할 만한 게 있기는 했나. 카를로스가 알 수 없는 이야기를 떠들고 내가 맞장구치는 게 전부였다. 이런 건 대화라고 할 수 없다. 사라, 팬텀과도 제대로 된 대화는 나누지 못했지만 이 정도는 아니었다. 그가 외국인이기 때문일까.

"콜라는 최고예요."

"응. 나도 조금은 좋아하지."

"그거 아세요? 콜라 한 병을 마실 때마다 내게 얼마만큼의 돈이 생기는지?"

"아니, 모르겠는데."

"생각해보세요. 저번에 내 회계사가 그러는데, 내가 콜라를 서른 병 마시면 클럽을 하나 살 수 있다더군요."

"대단하군. 그런데 사라 말로는……."

"얼마 전에 내 친구가 돈을 확실하게 버는 방법을 하나 알려줬어요. 예를 들어 이라크 같은 데 전쟁이 터지면 마을이 무너지잖아요. 그러면 나중에 마을을 다시 지어야 하고, 마을을 지으면 족구장도 새로 짓겠죠. 그러면 새로운 족구 팀들이 만들어지고 내 이름이 들어간 유니

폼이 팔리고 내 얼굴이 들어간 음료수가 팔린다는 거예요. 웃기지 말라고 해줬죠. 그런데 괜찮은 생각인 것 같아서 이 얘기를 앙드레에게 해줬더니 그게 바로 족구를 죽이는 일이래요. 웃기지 않아요?"

카를로스가 웃었다. 나는 웃지 않았다.

"안 웃는군요. 그럼 내 말을 들어봐요. 물론 당신을 설득할 생각은 없지만 내 이야기를 들으면 생각이 바뀔지도 모르죠. 잘 봐요. 사람들은 나를 좋아해요. 나는 족구를 사랑하죠. 사람들은 나를 보기 위해 돈을 내고 나는 그들에게 내 플레이를 보여주며 돈을 벌어요. 그리고 나와 그들의 만남을 주선하기 위해 많은 이들이 돈을 받고 일하는 거잖아요. 그들에게는 아무 잘못이 없어요. 내게도 잘못이 없고요. 그리고 물론 돈에도 잘못이 없죠. 그저 우리는 각자 좋아하고 사랑하는 것을 하는 거고, 그러면서 돈이 여기서 저기로 흘러가는 것뿐이에요. 그리고 그게 바로 족구장에서 진짜로 일어나고 있는 일이죠."

"그렇군."

달리 할 말이 없었다.

"목이 마른데. 콜라 좀 마셔도 될까?"

"얼마든지 드세요. 냉장고에 있으니까."

지금 내 앞에 앉아 있는 건 내가 알고 있는 그 세계적인 선수 카를로스 샤샤 슐레캄프가 분명하다. 그리고 그는 앞으로 나의 플레이 메이트가 될 것이다. 그래서? 이 녀석은 족구를 잘하는 것 말고는 별 볼 일 없는 애송이일 뿐이다. 이기적인 데다 머릿속에는 오로지 돈 생각뿐이다. 그러고 보니 TV에서 본 이 녀석의 플레이도 이와 비슷했던 것 같다. 동료를 공격 기회를 만드는 수단으로밖에 여기지 않는다. 플레이는 가끔 현란하고 화려하지만 그것은 아름다움을 위해서도 즐거움을 위해서도 아니고 오로지 자신을 돋보이게 하기 위해서다. 그럴 수 있다면, 다른 녀석들도 마찬가지지만 이 녀석과는 결코 한 팀이 되고 싶지 않다. 나는 입을 다물었고 카를로스도 잠시 콜라 병에 입을 꼭 붙이고 있었다. 짧은 침묵을 다시 전화벨이 깨뜨렸다.

"여보세요."

그는 아까처럼 잠시 듣더니 수화기를 손으로 막고 내게 물었다.

"혹시 독일어……."

말이 끝나기도 전에 내가 손을 젓자 그는 이번에는 모서리가 튀어나온 데다 딱딱하고 거친 독일어로 상대와 이야기를 하기 시작했다. 역시 어조만으로는 무슨 말을 하는지 짐작할 수 없었다. 혹시 파리 침공 계획을 세우고 있다고 해도 믿을 수 있을 것 같았다. 이번의 대화는 아까보다 훨씬 짧았다.

"아버지였어요."

나는 아무 말도 하지 않았다. 녀석과는 한 마디도 더 하고 싶지 않았다. 어서 빨리 클럽에 도착해 차에서 내렸으면 하고 바랐다. 그때 다시 전화벨이 울렸다. 카를로스는 전화를 받아서 이야기를 시작했다. 이번에는 내게 아무것도 묻지 않았고, 그래서 나는 러시아어는 조금 할 줄 안다고 대답할 기회를 놓쳤다.

"아 그래, 미차. 네 계약 소식은 들었다. 넌 그 클럽에서 영웅 대접을 받을 거다. 돈 때문에 떠나는 게 아니냐고 의심한다고? 그렇다니까. 그들은 모두 바보야. 너는 네 기회를 걷어찰 필요가 없어. 그저 기자들에게 선물이나 돌리면 돼. 나? 내 소식을 들었다고? 여기는 완전히 쓰레기장이야. 모든 것이 최악이야. 할 일이 있어서 잠깐

왔는데, 조금 복잡해. 어쨌든 일만 정리되면 바로 그쪽으로 갈 생각이야. 여기선 아무도 내 상대가 안 돼. 그래, 그건 곧 시작할 거야. 무슨 일이 일어나는지 여기 멍청이들이 알 리가 없지. 내 손은 깨끗하게 남아 있을 거야. 내 발도. 나는 거기에 대해 아무것도 모르는 걸로 돼 있어. 그래야 안전하니까. 걱정 마. 바하마는 아무도 못 건드려."

나는 담배를 물고 불을 붙였다.

"써니보이. 내 차에서는 담배 피우면 안 돼요. 알겠어요?"

카를로스가 수화기를 막고 내게 주의를 줬다.

"하라쇼."

"뭐라고요?"

난 그를 향해 담배 연기를 길게 내뿜은 다음 그가 마시던 콜라 병을 가져와 그 속에 담배꽁초를 떨어뜨렸다. 카를로스가 전화를 끊었다.

"내가 대화하는 걸 다 들었나요?"

"응. 듣자 하니 뭔가 구린 일을 하려는 모양이던데. 걱정 마. 난 그런 일에는 관심 없고 널 어딘가에 신고할 생각도 없으니까. 증거도 없잖아."

"뭔가 오해를 한 모양이군요. 그런데 지금 뭐 하는 거죠?"

"보면 모르겠어? 대화를 나누는 중이지."

"내 차에서 담배를 피우고 내가 마시던 콜라에 담배꽁초를 버리는 게 대화란 말인가요?"

"응."

"좋아요. 대화를 계속하고 싶으면 우선 내 콜라에 사과하세요."

"싫어."

순간 눈앞으로 뭔가 하얀 게 날아오는가 싶더니 눈에서 불이 번쩍였다. 카를로스가 양말 신은 발로 내 얼굴을 찬 것이다.

"이게 진짜 대화죠. 내가 신발을 벗고 있었던 걸 다행으로 아세요. 다치고 싶지 않아 일부러 힘을 뺀 거니까. 당신이 GP가 아니었다면 이 정도로는 끝나지 않았을 거예요."

콧등이 얼얼했다. 아마 내일 아침이면 눈가까지 시퍼렇게 부어오르겠지. 카를로스는 의자에 걸쳐져 있던 수건을 내 얼굴을 향해 던지고는 인터폰을 들었다.

"차를 세워요. 손님이 내릴 거예요."

얼굴을 닦자 수건에 피가 묻어났다.

"그 수건은 가져요."

차가 천천히 멈춰 서는 것이 느껴졌다. 창밖을 봤다. 강변북로의 어디쯤인 것 같았다. 손에 든 수건을 돌돌 말았다. 감촉이 굉장히 부드러웠다. 이 수건은 한 장에 얼마쯤 할지 궁금해졌다. 설마 10만 원은 안 넘겠지? 그 래봐야 수건인데. 그건 그렇고 참 좋은 차군. 이런 차를 한 대 갖고 싶었는데. 바닥이 두꺼워. 탄성은 있지만. 그 러고 보니 구두 앞코가 닳았군. 새로 하나 사야 할까 봐. 옛날 버릇이 도지고 있다. 어느 틈에 주위의 지형지물을 살피고 있지 않은가 말이다. 튀어나온 것. 바닥에 놓인 것. 딱딱한 것. 부드러운 것. 무거운 것과 가벼운 것. 디 딜 수 있는 것. 찰 수 있는 것.

"다음에 봐요, 써니보이. 그리고 나쁘게 생각하지 말 아요. 난 당신을 친구라고 생각하니까."

"응. 전혀 나쁘게 생각하지 않아. 어쨌든 우리는 GP 잖아."

나는 문 앞에 섰다.

"아. 수건은 돌려줄게. 난 남의 건 탐내지 않는 주의거든. 자, 여기."

"그럴 필요 없어요."

"받으라고."

내가 수건을 건네자 카를로스가 어쩔 수 없다는 듯 손을 내밀었다. 수건을 떨어뜨렸다. 매듭을 지어 동그랗게 말린 수건은 카를로스의 손끝을 스치며 떨어졌다.

시간이 천천히 흐른다. 녀석의 표정이 굳는 것이, 시선이 내 손에서 내 눈으로 옮겨 오는 것이 보인다. 난 녀석의 눈에서 시선을 떼지 않고 왼발로 수건을 차올린다. 수건이 놈의 턱에 명중하고 얼굴이 잠시 하늘로 향한다. 그동안 왼발 뒤꿈치에 오른발을 걸어 구두를 벗어 걸친 뒤 원래 자리로 돌아오려는 얼굴을 향해 구두를 날린다. 두 바퀴 반을 돈 구두의 뒤꿈치가 카를로스의 코를 걸어 찬다. 높고 넓은 코가 한 번 튕기며 핏방울이 퍼진다. 구두를 날리며 들었던 오른발에 체중을 실어 바닥을 구른다. 곁눈으로 봐둔 빈 콜라 병 몇 개가 5센티미터쯤 떠오른다. 발가락으로 그중 하나를 머리 정도의 높이에 오도록 부드럽게 띄운다. 그리고 넘어질 듯 흔들리는 다른 병의 주둥이를 발가락으로 잡아채 처음에 띄워놓은 병을 찬다. 두 개의 병이 산산이 부서지며 유리 조각이 사방으로 튄다.

"움직이지 마!"

나는 날카롭게 깨진 병 조각을 카를로스의 목에 아슬아슬하게 걸었다. 그의 얼굴은 통증으로 일그러져 있고 코에서는 피가 흘러나오고 있었다.

"꼬마야."

나는 병 조각이 끼워진 발가락을 여전히 카를로스의 목에 걸쳐놓은 채 말을 이었다.

"몇 가지 가르쳐주지. 킥을 할 때 스핀을 거는 걸 한순간도 잊어선 안 돼. 네가 내 얼굴을 걷어찰 때 스핀을 제대로 췄다면 난 지금쯤 서 있을 수도 없어야 해. 그리고 족구 선수가 공이 없으면 만들어야지. 발로 얼굴을 직접 차지 말고. 안 그래? 그리고 운동화보다 맨발이 더 강하고 단단한 거야. 아무도 너에게 그런 건 가르쳐주지 않나 보지? 그리고 마지막으로 네가 하려는 짓, 그게 정확히 뭔지는 모르겠지만, 그건 쓰레기들이나 하는 짓이야."

카를로스는 입을 꼭 다물고 아무 말도 하지 않았다.

한참 걸은 끝에 택시를 잡았다. 룸미러로 찬찬히 뜯어보니 왼쪽 얼굴은 부어 있고 입술은 터져 있었다. 게다가 구두 한 짝은 차에 두고 내렸다. 방금 전에 저지른 일을 돌이켜 생각해보니 한숨이 나왔다. 세계 최고의 선수와 친구가 될 수 있는 기회였는데 그의 코를 터뜨린 데다 목숨을 위협하기까지 했다. 만약 그가 경찰에 신고한다면 폭행, 기물 파손에 살인 미수죄까지 걸릴 것이다. 하지만 시비는 그놈이 먼저 걸었다. 내 얼굴이 그 증거다. 물론, 이렇게 말해봐야 소용없겠지. 녀석의 변호사가 내 변호사보다 훨씬 비쌀 테니까. 모든 게 앙드레 그 영감 때문이다. 영감은 왜 나더러 이 녀석들을 모두 만나보라고 말한 걸까.

10

"어떻게 할래?"

"나는 그 자리에 나갈 필요 없을 것 같은데. 그리고
난 벌써 나온 사람이야."

전화기 너머의 그는 한참 만에 입을 열었다.

"어쨌든 모임 끝나고 연락할게."

오늘의 모임은 1군 선수와 회장단, 고문단이 모인 운
영진 전체 회의였다. 안건은 문제 회원의 제명이었고,
그 문제 회원이란 바로 나였다.

안 감독이 떠나고 1년 뒤 우리는 완전히 다른 팀이 됐다. 새로 온 최 감독은 경험이 많고 예리한 사람이었다. 그는 우리 팀의 연습을 딱 한 번만 보고도 선수 개개인의 약점을 찾아냈다. 그게 그의 능력이었다. 그는 경기 중에 상대의 약점을 찾아낼 줄 알았고 우리의 약점을 효과적으로 감출 줄도 알았다. 게다가 선수 교체, 타임아웃, 어필 등으로 경기의 흐름을 조절하는 데도 능했다. 좋은 감독이라면 좋은 감독이었다. 그와 함께 팀은 리그전이든 토너먼트든 상위권에 오르고 거기에 머무는 방법을 익혀나갔다.

최 감독 부임 후 팀에 생긴 가장 큰 변화는 아마추어적인—그들은 이전의 방식을 그렇게 불렀다—운영 방식을 뜯어고친 것이었다. 그는 로테이션을 폐지하며 포지션을 고정했고, 1군, 2군, 후보로 팀을 나누고 훈련과 연습도 따로 시켰다.

내 포지션은 1군의 세터로 정해졌다. 실력 때문만은 아니었다. 물론 어느 정도 알맞게 공을 올리는 정도는 할 수 있었지만, 제일 큰 이유는 1군 공격수와의 호흡 때문이었다. 오랫동안 함께 족구를 했으니 잘 맞을 수밖에 없었다. 그 공격수는 현일이었는데 그는 내 군대 선임이었다. 그날 서브를 하려던 내 어깨를 잡아채 넘어뜨린 것도 그였다.

나는 땅에 머리를 부딪쳐 정신을 잃었다가 한참 뒤에야 진료실에서 정신을 차렸다. 일단 의무대장에게 몇 가지 간단한 검사와 상처에 대한 치료를 받은 다음 2대대 군의관과 의무대장에게 협박에 가까운 꽤 긴 훈계를 들었다. 다음 날 일어나니 뒤통수만 조금 아플 뿐 몸에 별다른 이상은 없었다.

"머리 다친 데는 괜찮냐?"

현일 상병이 물었다.

"네. 괜찮습니다."

"지원관님이 부르시니까 가봐."

나는 지원관에게 군대 오기 전에 있었던 일을, 그러니까 아버지와 족구, 그리고 3만 원짜리 내기 족구에 관한 이야기를 두서없이 했다. 지원관은 가끔 추임새를 넣으면서 내 이야기를 끝까지 들었다.

"그러면, 앞으로 내기 족구만 안 하면 되겠네?"

"잘 모르겠습니다."

"잘 모르겠으면 해보면 되지. 앞으로는 족구 시합에 한 번씩 나와. 재욱이 나올 땐 내기 못 하게 할 테니까."

"……"

"한 번씩 해보면 되지. 또 그럴 것 같으면 딱 나오라고. 그러면 되잖아. 안 그래? 우리 재욱이 생각은 어때?"

"……알겠습니다."

면담은 그것으로 끝이었다. 그 뒤에는 완전군장 구보가 기다리고 있었다. 장교에게 욕을 하고도 영창에 끌려가지 않은 건 기적적인 일이었다. 어쩌면 한 대 맞은 걸 계산에 넣은 건지도 모르겠다. 구보는 점심시간을 제외하고 오후 일과가 끝날 때까지 계속됐다. 해가 떨어질 때쯤 내일도 계속 완전군장 구보를 하라는 지원관의 이야기를 들은 뒤에야 내무실에 들어갈 수 있었다.

"괜찮냐?"

군장을 정리하는 내게 현일 상병이 물었다.

"일병 이재욱. 괜찮습니다."

"마셔."

이온 음료였다. 점심때까지만 해도 냉장고에 아무것

도 없었는데. 누군가 이걸 사려고 언덕 위의 매점까지 일부러 올라갔다 왔을 거라는 생각이 들었다.

"괜찮습니다."

"마시라고."

그는 캔 뚜껑을 따서 내게 내밀었다.

"머리는 괜찮냐?"

"괜찮습니다."

"나도 놀라서. 그렇게 할 수밖에 없었어. 이해하지?"

"괜찮습니다. 제가 잘못한 거지 말입니다."

잠시 어색한 침묵이 이어졌다.

"사회에 있을 때 족구 좀 했었나 봐?"

"예. 조금 했습니다."

"그런데 왜 말 안 했어?"

나는 캔을 든 채 가만히 있었다.

"긴장하지 말고. 그냥 궁금해서 물어본 거니까 나중에 말하고 싶을 때 말해."

그가 웃으며 내 팔을 툭 쳤다.

"그리고 나중에 나 족구 좀 가르쳐줘라."

"정 상병님도 잘하시는데 말입니다."

"네가 나보다 더 잘하잖아."

"아닙니다."

"아니긴. 그리고 빨리 마시고 씻고 밥 타러 갔다 와."

"예. 알겠습니다."

그는 내무실을 나가다 말고 뭔가 생각난 듯 고개를 돌려 물었다.

"너희 집 일산이라고 하지 않았냐?"

"맞습니다."

"이번에 우리 집도 일산으로 이사 가는데. 잘하면 제대하고 족구 같이 하겠다?"

우리는 제대한 뒤 일산에서 만났고 함께 족구를 하게 됐다. 안 감독은 현일을 훌륭한 공격수로 만들었다. 나는 공격수 자리를 현일에게 넘겨주고 세터로 내려왔다. 우리는 호흡이 잘 맞았다. 함께 족구를 한 시간이 길었으니까. 그리고 우리의 호흡엔 시간만으로는 설명할 수 없는 무엇이 있었다. 그게 무엇인지는 잘 모르겠지만 그건 현일이 내 어깨에 손을 올렸던 것과 관계있는 것 같다.

최 감독 아래서 처음에는 모든 게 제대로 돌아가는

듯 보였다. 팬클럽의 회원도 늘었고, 그리 많지는 않지만 후원도 들어오기 시작했다. 팀이 유명해지자 가입 희망자도 늘었고 그중에는 당장 주전으로 뛰어도 될 만한 실력 있는 선수들도 있었다.

모든 일이 다 잘될 것처럼 보일 때 모든 일이 조금씩 잘못돼가기 시작했다. 줄지은 부상, 선수 이동, 신입 선수의 깜짝 발탁, 현일의 복귀와 슬럼프, 심하다 싶을 정도의 개인 연습, 선수단 운영에 대한 불만, 토너먼트 1회전에서의 충격적인 탈락, 2군과 후보들 사이 연습 시합에서의 언쟁⋯⋯. 어디선가 빈틈이 생기기 시작했고 그것이 메워지기 전에 다른 빈틈이 생겼다. 최 감독의 부임 2년차 중반 무렵이 되자 팀에서 제대로 된 건 성적뿐이었다.

"그래도 어쨌든 이기고 있잖아."

그러나 그 성적마저 후반기에 들어서자 점차 떨어지기 시작했다. 최 감독이 그만둘 거라는 이야기가 돌았고 팀이 리그에서 자진 탈퇴할지도 모른다는 이야기도 들렸다. 그런 이야기들에 어떤 속사정이 있었는지, 왜 마지막 세 경기에 내리 지는 게 팀에 이득이라는 건지, 그

리고 리그 최종전에 왜 최 감독이 데려온 신입 선수가
공격으로 선발됐는지 나는 잘 몰랐다.

상대는 플레이오프를 노리는 강팀이었다. 최선을 다
해도 이길지 어떨지 알 수 없는 상대였는데, 최 감독은
현일 대신 자신이 데려온 신입 선수를 공격에 집어넣었
다. 1세트에서 그는 자꾸만 실수를 저질렀다. 어떻게 토
스를 올려도 공은 네트에 걸리거나 라인을 넘거나 수비
수 정면을 향했다. 어이없는 판정도 두어 번 있었는데
최 감독은 어필을 할 생각이 없어 보였다.

1세트가 끝난 뒤에 최 감독이 말했다.

"좋아. 2세트에도 이렇게만 하면 돼."

"무슨 말씀이세요. 2세트는 이겨야죠."

내 말에 최 감독은 피식 웃고는 아무 대답도 하지 않
았다. 성태 형님이 나를 한쪽으로 데려갔다.

"재욱아, 잘 들어라. 우리가, 사실은 이 경기에서 꼭
이길 필요가 없어."

"일부러 져주라는 건가요?"

"져주라는 게 아니라 저쪽이 이기면 다 좋다는 거지.

재들도 좋고 우리도 좋고."

상대는 협회의 모 임원과 관련이 있는 팀이라고 했
다. 그 임원은 다음 협회장 선거에 출마할 생각을 하고
있고, 그러기 위해서는 자기 팀이 좋은 성적을 거두어야
했다. 자세한 내막은 모르겠지만, 어쨌든 좋은 게 좋은
거 아니겠냐고 성태 형님은 말했다.

"어차피 우리는 여기서 이기나 지나 똑같잖아. 오해
는 하지 마. 져주라는 건 결코 아니니까."

"그럼 심판은 왜 그러는데요?"

"글쎄, 심판도 사정은 알지 않을까?"

2세트의 첫 서브에서 내가 강하게 찬 공은 우리 팀
공격수의 뒤통수를 맞혔다. 일부러 그런 건 아니었다.
서브를 강하게 넣으려다 보면 있을 수 있는 일이었다.
그런데 두 번째 서브 기회가 왔을 때 내 공은 심판의 머
리를 향해 똑바로 날아가다가 그의 옆구리를 정통으로
때렸다. 잠시 휘청이다 자세를 잡은 심판은 굳은 얼굴로
내게 퇴장 명령을 내렸다.

"아까 왜 그랬냐?"

현일은 운전대를 잡은 채 앞쪽을 바라보고 있었다. 옆얼굴만으로는 현일이 어떤 표정을 짓고 있는지 알기 어려웠다.

"최 감독이 데려온 애는 그렇다 쳐도 심판한테는 왜 그랬어?"

"일부러 그런 거 아냐."

"그럼 그냥 찼는데 공이 혼자서 그쪽으로 날아갔다는 거야?"

이렇게 말하고 싶었다. 난 정말 그리로는 차지 않으려고 했어. 저놈 뒤통수는 맞히지 말아야지. 심판 면상에는 날리지 말아야지. 이 경기가 아무리 우스꽝스럽게 돌아가도, 그게 아무리 마음에 안 들어도 그런 식으로 경기를 망치지는 말아야지. 그런데 네 말대로 공이 멋대로 그리로 날아가는 거야. 분명히 말할 수 있어. 난 정말 그쪽으로 차려고는 하지 않았어.

이런 말을 한다고 현일이 이해해줄 것 같지는 않았다. 게다가 어떤 식으로 설명하든 변명으로 들릴 뿐이라는 것도 알았다. 나는 설명할 말을 찾기를 포기했다. 내가 저지른 짓은 분명 해서는 안 되는 짓이었다. 의도한 것은 아니었지만 정말 그런지는 나조차도 자신할 수 없었다. 무엇보다 의도와는 관계없이 내가 저지른 일임에 분명했다. 그것만은 부정할 수 없는 사실이었다.

"이제 어떻게 할래?"

"그만둬야지."

"말 참 쉽게 하네. 경기는 그렇게 망쳐놓고 혼자 빠져나가면 끝이야?"

현일이 목소리를 높였다. 긴 침묵이 이어졌다.

이 팀을 떠나는 것 외에 내게 다른 선택지는 있을 수 없다. 그걸 현일이라고 모를 리 없다. 우리는 오랫동안 배터리로 활동했다. 내가 공을 띄워주면 현일이 그걸 차넘겼다. 내가 떠난다고 현일에게 공을 띄워줄 사람이 없는 건 아니지만 우리가 함께 쌓아 올린 플레이는 이제 여기서 끝나버린다. 현일이 화를 내는 게 당연했다.

"미안하다."

대답이 없었다.

"나보다 잘 올려줄 사람 많잖아."

"솔직히 말하면 그건 아냐. 네가 올리는 공은 스핀 질이……. 지금 그게 중요한 게 아니지."

한참 뒤 현일은 다시 입을 열었다.

"그래서 속은 후련하냐?"

"응."

"솔직히 나도 그 자식 뒤통수 맞을 땐 좀 시원하긴 하더라."

그렇게 말하고 현일은 조금 웃었고 나도 따라 조금 웃었다. 그 뒤로 우리는 목적지에 도착할 때까지 별말 하지 않았다.

차 안이 따뜻해서였는지, 피로 때문이었는지, 아니면 현일에게 말한 대로 속이 후련했기 때문인지 졸음이 몰려왔다. 잠결에 나는 내가 어떤 어려운 시험을 두 번이나 실패했다가 마지막 기회에 간신히 통과했다는 것을 알게 됐다. 내가 시험을 통과했다는 걸 아무도 알지 못하는 그런 시험이었다.

회의에서는 대다수가 내 제명에 찬성했다.

며칠 뒤에 현일은 다시 한번 전화를 걸어와 경기도 족구 협회가 내게 5년간 자격정지 징계를 내렸다고 알려주었다.

11

족구는 내가 자신 안에 머물 수 있도록 해주었다. 그래서 나는 오랫동안 족구 안에서 마음 놓고 뛰어다닐 수 있었다. 어느 날 족구는 내가 자신을 위해 뭔가를 해주기를 바랐다. 그런데 나는 그걸 하지 못했다. 처음에는 족구가 그것을 원한다는 걸 몰랐기 때문에, 두 번째는 아직 준비가 되지 않았기 때문에 하지 못했던 것이다. 나는 뒤늦게 그걸 깨달았다. 그리고 오랫동안 족구가 내게 한 번만 더 기회를 주기를 바랐다. 마침내 족구는 더 늦기 전에 나를 위해서 정말 그렇게 해주었다. 그래서 나도 족구를 위해서 족구가 원하는 걸 해주었다.

알베르 카뮈는 축구를 하며 인간의 도덕과 의무를 배웠다고 했다. 그와 비슷한 말을 나도 족구에 대해 할 수 있으면 좋겠다. 그러나 내가 족구에서 무엇을 배웠는지, 뭔가 배우기는 했는지 모르겠다. 어쩌면 족구는 내게 뭔가를 주려 했는지도 모르겠다. 그러나 나는 그걸 받을 준비가 돼 있지 않았다. 그래서 족구는 그것을 어딘가에 남겨놓았을지도 모른다.

네트가 쳐진 직사각형 족구장의 풍경, 그곳에서 내가 했던 플레이들, 떠올리기조차 괴로운 볼썽사납고 어처구니없는 실수와, 은근히 자랑하고 싶은 아주 잠깐이지만 순간적으로 빛났던 플레이들, 다른 멤버들과 함께 만들었던 모든 경기들, 승리와 패배, 경기장에 뿌린 모든 땀방울들, 환희와 절망, 함께 나눈 것과 혼자 삼켜야 했던 것들, 회전하며 튀어 오르는 공, 그것을 쫓아가며 내지르는 발, 춤추듯 흔들리는 어깨, 허리와 무릎의 삐걱거림, 눈빛과 손짓, 갈구와 응답, 보상과 위로, 관용과 존

경, 하나의 경기에서 배어 나오는 모든 신호와 미덕들, 공을 차고, 튀어 오르는 공을 머리로 받고, 그 공을 안축으로 토스하고, 떨어져 내려오는 공을 차서 네트를 넘기고…….

족구가 남긴 건 그 안에 있는 것 같다. 아니면 그 풍경 너머에 있거나.

12

"사장님, 손님이 찾아오셨습니다."

"약속은 없을 텐데."

"카를로스에 관한 일로 꼭 뵈어야겠다고 합니다."

올 게 온 건가. 경찰이라면 오히려 다행이다. 수갑을 차고 경찰차에 오르면 그만이니까. 만약 사라와 비슷한, 하지만 더 험한 일을 하는 이들이라면 골치 아파진다. 지금이라도 도망쳐야 하나. 하지만 그들은 이미 문밖에 와 있다. 그렇다면 도망칠 길은 창문뿐이다. 창문을 열고

한 발을 걸쳤다. 그때 문이 열렸다. 돌아보니 앙드레가 혼자 서 있었다.

"잘못 본 게 아니라면 지금 창문에서 뛰어내리려는 것 같은데 다음에 다시 올까?"

"잠깐 바람을 쐬고 있던 참이었어요. 앉아요."

인터폰을 눌러 비서를 불렀다.

"마실 것 좀 부탁해."

비서가 커피를 내려놓고 나가기가 무섭게 앙드레는 입을 열었다.

"카를로스를 엉망으로 만들어놓았더군."

"먼저 발을 내민 건 녀석이었어요."

"그럴 줄 알았어."

앙드레는 커피를 맛있다는 듯 홀짝거리며 마셨다.

"그럴 줄 알았다니 무슨 소리죠?"

"그렇게 될 줄 뻔히 알고 있었다고. 카를로스는 자네를 무시하고, 자네는 은근히 시비를 걸고, 카를로스가 먼저 발길질을 하고, 그리고 자네가 카를로스를 엉망으로 밟아놓고. 이런 순서였겠지. 안 그래?"

"알면서도 만나보라고 했단 말이에요? 당신 때문에

나는 이제 경찰이나 청부업자에게 쫓기게 생겼는데?"

"카를로스는 신고 따위는 안 할 거야."

"GP이기 때문에?"

"아니, 부끄러워서. 이 기회에 녀석도 뭔가를 배우면 좋겠군."

"어이, 영감."

"왜?"

"그렇다면 나를 이용해서 카를로스를 가르치려 했단 말이야? 이 빌어먹을 노인네가."

"담배 좀 주게. 저번에 보니 맛있는 걸 피우던데. 하나 있나?"

"대답하면 주지."

"그건 그냥 팀워크를 위한 조촐한 사전 미팅의 하나였어. 어땠나, 다른 만남은."

나는 그에게 시가를 하나 내밀었다. 그는 누런 앞니로 시가 끝을 물어뜯고는 라이터를 꺼내 불을 붙였다.

"당신에게 그런 걸 일일이 말할 필요는 없을 것 같은데. 아무리 당신이 감독이라고 해도."

"하지만 팀에 대한 보고는 주장의 임무잖아."

"주장? 내가?"

"달리 누가 하겠나?"

"사라. 제일 리더십이 강하잖아요. 아니면 팬텀. 녀석은 의외로 굉장히 헌신적인 플레이를 할 것 같던데. 아니면 카를로스도 괜찮겠어요. 누가 뭐래도 가장 주목받는 선수니까."

"그래? 하지만 다른 녀석들은 모두 너를 주장으로 지목했어. 네가 모르는 사이에 벌써 3대 1로 주장에 선출된 거야. 불만은 없지? 있어도 하는 수 없지만."

"재미있군요. 이 나이에 다시 족구를 시작하는 것도 그렇거니와, 터무니없는 팀 구성에, 게다가 내가 주장이라니. 사라는 나와 다시 만나는 걸 끔찍해하던데. 그리고 팬텀과는 얘기라고 할 만한 것도 나누지 않았어요. 원한은 그대로 있고. 게다가 카를로스는 내가 자기를 그 꼴로 만들었는데도 날 주장으로 추천했단 말이에요? 도대체 이 희극의 끝은 어디인 거죠?"

"끝나지 않아. 결코."

"결코?"

"응. 설령 끝난다 해도 그때가 되면 우리는 여기에 없을 거야."

"점점 모를 소리만 하는군요. 이제 슬슬 이 모든 소동에 대해 말해주는 게 어때요?"

"그래, 미팅은 어땠나?"

앙드레는 대답 대신 질문을 던졌다.

"다들 무슨 생각을 하고 있는지 잘 모르겠어요. 우선 나 역시 내가 무슨 생각을 하고 있는지 잘 모르겠고.

사라는 이 일을 꽤 재미있게 생각하는 것 같아요. 신비에 싸인 족구 비밀결사 GP가 드디어 움직이기 시작했다. 이유는 불명. 도대체 무슨 일이 일어나려는 걸까? 그녀는 그걸 알고 싶어 하죠. 그리고 두근거리는 가슴으로 무슨 일인가 터지기를 기다리고 있어요. 혹 아무 일도 생기지 않는다면 그녀 스스로 무슨 일이든 만들어낼지도 몰라요. 말하자면 평화의 적이랄까. 하지만 그녀를 탓할 수는 없어요. 이제까지 그런 세계에서 살아왔으니까. 어쩌면 스스로 그런 환경을 만들어낸 건지도 모르죠. 원래부터 위험을 즐기던 여자였어요. 기억하죠? 그리고 당신도 알겠지만 우리는 한때 꽤 가까운 사이였어요. 하지만 지금은 얼굴을 마주하고 있는 것만으로도 숨이 막혀요.

내 얘기는, 우리가 동료로는 어울리지 않는다는 거예요. 신뢰의 문제가 아니에요. 플레이 하나하나를 100퍼센트 신뢰할 수는 있지만 거기에는 도덕과 윤리, 이성과 본능, 애정과 증오가 겹쳐져 있어요. 그런 공은 다른 공에 비해서 백배는 더 무거워져요.

팬텀은 족구장 밖에서 만나보니 나름대로 괜찮은 녀석이더군요. 그리고 그 녀석이야말로 이 팀에는 가장 어울리지 않아요. 당신은 아직 아무 말도 하지 않았지만, GP가 결코 우리를 다시 원래의 인생으로 돌려놓지 않을 거라는 것 정도는 알고 있어요. 놈에게 가족이 있다는 걸 알고 있어요? 딸이 셋이래요. 큰애가 여덟 살, 둘째가 여섯 살, 그리고 막내가 세 살. 녀석에게는 몇 명의 인생이 함께 걸려 있어요. 그런 녀석은 팀에 끼면 안 돼요. 재미있는 건 녀석이 GP에 대해서 일종의 사명감 비슷한 걸 갖고 있다는 거예요. 그리고 가족에 대해서도. 우리 중에서 가장 많이 고뇌하는 건 아마 그 녀석이 될 거예요. 한편으로는 가장 거추장스럽고 다른 한편으로는 가장 믿음직한 동료가 되겠죠. 하지만 내게는 녀석에 대한 원한이 남아 있어요. 플레이를 하다 보면 어떻게든 무시

할 수 있을 것 같지만 완전히 잊는 건 불가능해요. 내가 녀석의 턱을 향해 공을 날리지 않는다고 누가 장담할 수 있겠어요?

사라도 팬텀도 함께 플레이하기 껄끄럽기는 마찬가지지만 역시 제일 껄끄러운 건 카를로스예요. 둘은 그리 돈독한 관계는 아니었다고 해도 꽤 오래전부터 알던 사이죠. 하지만 카를로스는 아니에요. 난 그를 딱 두 번 만났을 뿐인데 그중 한 번은 서로 피를 보기까지 했어요. 좋은 동료가 될 가능성은 두 번째 만남에서 거의 사라졌다고 봐도 좋아요. 같은 팀에서 뛸 수는 있겠지만 유기적인 플레이는 없을 거예요. 그저 녀석은 녀석의 자리에서, 나는 내 자리에서 최선을 다할 뿐인 거죠. 그래서는 좋은 팀이 될 수 없어요. 정말 강한 팀은 선수들이 서로 단단하게 얽혀 있는 팀이에요. 완벽한 선수는 없으니까 서로의 단점을 보완해주는 거죠. 이 공존의 사슬에서 빠져나간 누군가가 있다면, 그는 무리를 이탈한 짐승처럼 혼자 싸워나갈 수밖에 없어요. 그런 녀석들은 다른 무리의 밥이 되기 꼭 알맞죠. 그가 굉장한 선수라는 건 인정해요. 공격이면 공격, 수비면 수비, 못하는 게 없죠. 그리고 어떤 플레이는 진짜 천재적이에요. 하지만 그뿐이죠. 한 명의 천재가 네 명의 뛰어난 선수를 혼자서 상대할 수는 없는 거예요. 다른 선수들과 융화하지 못한다면 그가 쓰러지는 건 시간문제예요."

앙드레는 고개를 끄덕이며 이야기를 들었다.

"나쁘지 않군. 그런데 가장 중요한 이야기를 안 했잖아."

"무슨 이야기요?"

"바로 자네 이야기."

"흠."

심호흡을 했다.

"혹시 담배 있어요? 나는 시가밖에 없어서. 이런 이야기에는 역시 담배가 어울려요."

앙드레가 내민 찌그러진 담뱃갑에서 담배를 꺼내 불을 붙였다.

"이놈의 담배. 끊을 수가 없어요."

"죽어야 끊겠지. 담배를 끊을 수는 없어. 그저 잠시 안 피울 수는 있어도."

고개를 끄덕였다.

"나는 족구를 그만뒀다고 생각했어요. 사실 그만둔 거나 마찬가지였죠. 당신을 마지막으로 만난 그때쯤이 내 전성기였어요. 거칠 것도, 두려울 것도 없던 시기였죠. 난 처음부터 끝까지 스트리트 파이터였지만 당시의 실력이라면 프로 리그에 들어가서도 몇 손가락 안에 들었을 거라고 생각해요. 이건 자랑도 뭣도 아니에요. 오랜 시간 동안 나름대로의 객관적인 데이터를 다듬고 다듬어서 내놓은 결론이에요. 괜히 게임회사를 하고 있었던 게 아니니까요. 물론 그게 사실이라 하더라도 달라지는 건 없겠죠. 난 실력과 미래와 경험을 모두 묻어버렸어요. 그리고 지금까지 살아왔어요. 좋지도 나쁘지도 않은 인생이었지만, 사실 나쁘지 않은 것만 해도 다행이죠. 안 그래요? 내 생각에도 그럭저럭 잘 해왔던 것 같아요. 누군가에게 큰 상처를 입히지도 않고, 또 나 자신도 별로 큰 상처를 입지 않고. 그리고 운이 꽤 좋았는지 당장 은퇴해도 앞으로 20년, 어쩌면 30년은 먹고살 정도의 돈도 모았어요.

당신의 편지 때문에 너무 많은 것이 변했어요. 약속 장소로 나가기 전에 족구화를 꺼내는데, 기분이 아주 복잡했어요. 가서는 어땠게요? 결국 다시 만날 일 없을 것 같았던 두 사람을 만났고, 이 세상 사람이 아닌 것 같은 스타도 하나 만났죠. 그리고 평화롭고 안온한 미래에서 내쫓겼어요. 난 다시는 여기로 돌아올 수 없는 거 맞죠?"

"응."

"역시 그렇군요."

사무실을 둘러봤다. 이 사무실로 이사 온 지 10년이 넘었다. 처음에는 사장실 창문 밖으로 한강이 다 보였는데 그동안 아파트가 들어서면서 지금은 왼쪽으로 세 뼘, 오른쪽으로 두 뼘 정도밖에 보이지 않는다. 땀구멍까지 비쳐 보일 것 같았던 가구들도 이젠 광택을 많이 잃었다. 벽지도 햇빛과 시가 연기 때문에 색이 바랬다.

"미련이 생기나?"

"아뇨, 별로. 언제까지 이렇게 살고 있을지 궁금했는데 이제 확실히 알게 돼서 좋아요. 그리고 이제 떠날 때가 됐죠."

"좋은 마음가짐이군. 마음에 들어."

나는 시가를 물고 불을 붙였다.

"그런데 앙드레, 도대체 당신은 어떤 팀을 만들 생각

인 거예요?"

"최강의 팀이지, 당연히."

"좋은 방법을 가르쳐줄게요. 당신이 모르는 사이에 세상이 참 많이 변했어요. 인간 복제 기술이라고 들어봤어요? 양, 개는 물론이고 이제 사람도 복제할 수 있는 시대가 된 거예요. 그러니까 카를로스를 데려다가 카를로스 2, 3, 4호를 만들어서 팀을 꾸려요. 돈은 좀 들겠지만 사라라면 틀림없이 융통할 수 있는 방법이 있을 거예요. 어때요? 좋은 생각이죠?"

앙드레는 눈을 가늘게 떴다.

"그리고 이건 카를로스도 꽤 좋아할 만한 제안이기도 해요. 나 같은 망나니에게 걸려 얼굴이 박살 나면 다음 경기에는 카를로스 2호를 내보내면 되는 거예요. 멋지죠? 잘만 하면 보험회사의 출자를 얻을 수도 있어요."

"지금 나를 놀리는 건가?"

"맞아요."

앙드레는 담배 연기를 길게 내뿜었다.

"좋다가 말았군."

"자, 이제 말해봐요. 도대체 GP는 뭐죠? 그리고 이제 와서 팀을 만들어 세상으로 나오는 이유는 뭐예요? 멤버들의 선발 기준은 또 뭐고요?"

"긴 이야기가 될 텐데. 하지만 이제 밝힐 때가 됐지."

앙드레는 지금껏 한 번도 본 적 없는 근엄한 얼굴로 GP의 역사에 대해 말하기 시작했다.

13

　고대 족구에는 두 가지 큰 흐름이 있었다. 만약 누군가 족구가 도시의 스포츠라고 말한다면 그는 그리스의 전통을 따르고 있는 것이다. 반대로 누군가 족구가 땅의 스포츠라고 말한다면 그는 이집트의 전통을 계승하고 있는 것이다. 최초의 하드 코트를 건설한 것은 그리스인들이었다. 잘 알려져 있듯 아폴론은 족구의 신이었으며 아폴론 신전의 앞마당은 그에게 바쳐지는 족구 시합을 위한 자리였다. 지금도 그리스에서는 매끈하게 맞물린 돌

바닥에서 시합을 한다. 그리스 리그에서 흔히 볼 수 있는 끔찍한 부상은 고대에는 더욱 빈번하고 더욱 치명적이었을 것이다. 그러나 그 모든 건 신에게 바치는 당연한 희생의 일부였다. 당시의 토기에는 완벽한 비례의 아름다운 나신들이 코트 너머로 공을 차 넘기는 모습이 조화로운 균형을 이루며 그려져 있다. 한편 지중해 너머 이집트의 벽화에는 추수를 하고 건물을 짓고 나일강에 둑을 쌓는 사람들 옆에 족구를 하는 사람들의 모습이 우리가 익히 아는 이집트 회화의 전통 그대로, 즉 몸통은 정면, 얼굴과 손발은 측면을 향한 채 그려져 있고, 태양의 현신인 거대한 파라오가 그들을 내려다보고 있다. 그리스의 족구가 시민의 것이었다면 이집트의 족구는 파라오의 것이었다. 그리스에서는 시민들이 족구를 아폴론에게 바쳤고 이집트에서는 신민들이 족구를 파라오와 태양신에게 바쳤다. 그리스의 족구 공은 올림포스산 위로 올라가 신들에게 전해졌고 이집트의 족구 공은 피라미드 안으로, 영겁의 시간 너머로 진입했다. 고대 이집트에서는 피라미드 안에 족구 코트를 만들고 파라오와 함께 족구를 할 사람들을 같이 묻었다. 태양신의 아들이 내생에서도 족구를 하며 즐길 수 있도록.

— 게오르그 다머 『간추린 족구의 역사』

족구는 기하학의 발달에 공헌했다. 그리고 그 역도 참이다. 반으로 나눠도 여전히 똑같은 비율의 족구장을 만드는 일은 피타고라스학파의 약점이었다. 그러나 족구가 늘 엄밀한 수학과 엄격한 규격을 요구한 건 아니었다. 족구는 자유로운 경기이기도 했으므로 족구의 역사에는 실로 놀라울 정도로 다양한 경기장이 존재해왔다. 이를테면 페루의 어떤 경기장은 100명이 한꺼번에 뛰어다녀도 될 만한 넓이였고, 스코틀랜드에는 경기장 한가운데 네트 대신 냇물이 흐르는 경기장이 있었다. 베를린 장벽의 일부는 그것이 한때 장벽 너머의 상대와 족구를 하기 위한 네트로 사용된 걸 기념하기 위해 여전히 남아 있다.

원형경기장에 대한 두 가지 예가 있다. 콜로세움 바닥에는 지금도 족구 경기장의 흔적이 남아 있다. 그러나 로마의 상상력은 그리스를 벗어나지 못했다(그래서 그들의 경기장은 여전히 사각형이었다). 진정한 원형경기장은 일본에서 찾을 수 있다. 스모의 도효는 원래 족구 경기장이었다는 것이 정설이다. 로마인들이 사자에 쫓기면서 공을 쫓는 검투사들에 환호한 반면, 일본의 역사들은 소금을 뿌려 전장을 정화했다. 그리하여, 이제는 사자도 검투사도 사라졌고 일본인들은 공도 네트도 없는 족구를 완성했다. 그리고 케마리의 신관들은 하늘을 향해 공을 차올린다.

— 케빈 L. 무어 『영원이라는 속임수』

아리스토텔레스는 4원소설을 주장했고 히포크라테스는 4체액설을 주장했다. 1년에는 사계절이 있고 바람은 네 방향에서 불어오며 수미산을 지키는 것은 사천왕이다. 보좌 주위에는 네 마리의 짐승이 있으며 신의 이름은 네 글자로 이루어져 있다. 사람들이 만드는 것은 건물, 방, 책, 컴퓨터 할 것 없이 모두 사각형이다. 족구 경기장 역시 사각형이며 그 안에서 뛰는 선수는 네 명이다. (중략) 현행 족구 규칙에서 경기장은 폭 7미터, 길이 8미터로 양쪽의 코트를 합치면 16미터가 된다. 숫자 7은 행운의 숫자이기 이전부터 승리의 여신의 것이었다. 피타고라스는 부모 없이 태어난 수 7을 만물의 지배자에 비유하기도 했다. 7은 후대에 갈수록 점점 특별한 수가 됐다.

7은 한 자리 수 중에서 2의 거듭제곱에 1을 더해서 만들어지지 않는 유일한 소수다. 게다가 일곱 개의 변을 가진 정다각형은 자와 컴퍼스만을 가지고 작도할 수 없는 최초의 다각형이기도 하다. 숫자 8은 최초의 세제곱수 또는 입방수, 즉 큐브다. 세제곱수에 대한 가장 간단한 문제도 고등수학이 다루어야 할 영역에 속한다. 제곱수에 관한 문제는 흥미로우면서도 다루기 어렵고, 쉬워 보이지만 지독하게 복잡하다. 족구에서는 가장 다루기 어려운 이 두 수를 코트에 구현한다. (중략) 원은 가장 간단하면서도 완벽한 도형이다. 만다라는 원형이다. 후광은 원형이다. 태양과 달은 물론, 별을 포함해서 눈에 보이는 모든 천체는 원형이다. 지평선은 직선이지만 땅은 원이다. 다빈치의 「비트루비안 맨」은 원과 정사각형 안에 기거한다. 인체는 그 중심에 있다. 고대 중국인들은 하늘은 둥글고 땅은 네모나다고 생각했다. 원과 사각형은 우주와 인간의 원리를 이루고 있다. 족구가 그것을 구현하지 않을 도리가 없었다. 사람들은 동그란 경기장에서 네모난 공을 차는 대신 네모난 경기장에서 동그란 공을 차기로 결정했다. (중략) 천원지방天圓地方의 세계관이 족구의 세계관을 결정지었다는 의견은 경기장에서 올려다보는 하늘이 동그랗고 경기장은 직사각형이라는 사실을 근거로 삼으려 하지만, 실제로 천원지방의 구현은 더 작은 곳에서 발견할 수 있다. 하늘로 솟아오른 둥근 공을 받아야 하는 것은 바로 네모난 발이다. 족구는 바로 이 원과 사각형이 만나서 벌이는 경기다. (중략) 어떤 이들은 도생일, 일생이, 이생삼, 삼생만물을 다음과 같이 해석한다. 즉 규칙道이 있으면 공一이 생겨나고, 최초의 공이 두 팀二을 낳고, 두 팀이 생기면 둘 사이의 중재자이며 판관인 심판三이 생기고, 두 팀과 심판이 모이면 세상의 모든 경기萬物가 생겨난다.

　　　　　— 구로다키 젠주로 『족구는 무엇으로 이루어져 있는가』

　족구는 지금까지 있었던 모든 족구 시합의 총합이다. 하지만 족구가 단지 그것뿐인 건 아니다. 경기장 밖에도 족구는 있다. 즉 족구 경기장을 찾아오는 관중들, 그들의 주머니를 노리는 자본가들, 국제 대회 개최를 둘러싼 비리, TV 중계권 배분을 놓고 방송국과 클럽들과 협회가 벌이는 갈등, 클럽과 협회와 에이전트들이 벌이는 암투,

그들의 주머니를 들락거리는 검고 불투명한 숫자들, 아무도 모르게 행해지지만 사실 모든 사람이 알고 있고 나중에는 그 누구도 혐의를 인정하려 들지 않는 조작된 승부들, 선수의 이적을 놓고 벌이는 끈적하고 비열한 협상들, 증오의 역사를 매번 상기시키며 반복하는 라이벌 클럽 대항전, 클럽에 대한 갱신된 충성심을 증명하기 위해 매년 새롭게 발매되는 관련 상품들, 조세 피난처를 이용한 탈세의 기술 등……. 이 모든 것들이 족구의 역사를 구성하고 있다. 이것들에 한번 눈을 돌리기 시작하면 그 속에서 족구의 모습을 발견하기란 거의 불가능에 가깝다.

— 폴 듀런트 『족구 : 오욕과 영광』

어느 날 뤼미에르 형제는 친구들을 비롯한 사교계 인사들을 초대했다. 이 괴짜 형제는 모두를 깜짝 놀래줄 새로운 발명품을 보여주기로 되어 있었다. 좌석은 모두 한쪽 벽을 향해 놓여 있었는데, 벽 앞에 문제의 발명품은 보이지 않았다. 사람들이 모이자 형인 오귀스트가 그날의 발명품에 대해 어딘가 의심스러우면서도 재기 넘치는 설명을 했다. 그러고는 모든 발명가들의 영원한 레

퍼토리를 늘어놓았다. 즉 우리의 새로운 발명품은 이제
껏 세상에는 없었던 것이며 이 놀라운 기적에 여러분 모
두는 깜짝 놀랄 것입니다 운운. 그리고 그들은 창을 닫
고 커튼을 내렸다. 땀 냄새와 향수 냄새, 담배 연기 때문
에 숨을 쉬기가 곤란했지만 손님들은 이 형제가 뭔가 재
미있는 걸 보여주려는 모양이라 생각하며 잠깐의 불편을
참기로 했다.

그때 갑자기 벽이 환해지더니 인기 있는 족구 선수
뒤퐁의 모습이 나타났다.

"어이 뒤퐁! 거기서 뭐 하는 건가?"

몇몇 신사가 그를 향해 인사말을 건넸지만 뒤퐁은 못
듣는 것 같았다. 게다가 그의 모습은 색유리 너머로 보
는 듯 창백해서 마치 유령 같았다. 그가 서 있는 족구장
도 연기나 안개 때문에 뿌옇게 보이기는 마찬가지였다.

"저건 가짜야! 진짜 뒤퐁은 여기 있다!"

손님들 사이에서 뒤퐁의 목소리가 들렸다.

이상한 일은 계속 이어졌다. 유령 뒤퐁이 찬 공은 관
객들을 향해 날아오다 갑자기 사라져버렸다. 공이 어디
로 사라졌는지 어리둥절해하던 사람들은 곧 공 같은 건

잊어버렸다. 뒤퐁이 갑자기 사라지더니 잠시 뒤 그 자리에 기차가 나타난 것이다. 마찬가지로 유령 기차였다. 기차는 소리 없이, 그러나 점점 가까워지고 있었다. 기차 옆에 서 있는 유령 차장은 깃발을 흔들고 있었다.

대소동이 일어났다. 사람들은 기차를 피하기 위해 카페 밖으로 뛰쳐나가며 소리쳤다.

"기차다!"

"기차가 뒤퐁을 깔아뭉갰다!"

이것이 최초로 영화가 상영됐던 날의 풍경이다.

— 앙드레 포이티에 『꿈을 적어둔 비망록을 잃어버렸다』

장군파의 군인들과 공화당파의 가우초들이 계곡에서 대치하고 있었다. 대치가 사흘째 되던 아침에 장군파의 전령이 공화당파 진영에 도착했다. 자신을 검둥개라고 소개한 그는 기타를 꺼내 항복을 권유하는 노래를 부르기 시작했다. 공화당파에서도 한 목동이 기타를 조율하고는 노래를 부르기 시작했다. 노래 대결은 끝나지 않았다. 만약 그곳이 선술집이었다면 노래로 승부를 보지 못한 이들은 상대에게 경의를 바친 후 단도와 담요로 무장하고 둘 중 하나가 쓰러질 때까지 싸웠을 것이다. 결국 양쪽의 장군들은 전투 대신 족구로 승부를 내는 데 합의했다.

경기는 다섯 세트로 진행됐다. 먼저 장군파가 한 세트를 이겼다. 검둥개는 노래, 단도는 물론이고 족구에도 뛰어났다. 다음 세트는 공화당파가 이겼다. 그제야 자신의 이름을 모레이라고 밝힌 목동도 검둥개만큼이나 솜씨가 뛰어났다. 모레이라 덕분에 공화당파는 3세트를 이겼다. 이제 한 세트만 더 이기면 승리였다. 양쪽 응원단은 손에서 총을 놓지 않았다. 4세트를 이긴 것은 장군파였다. 이제 마지막 한 세트가 남았다. 5세트가 시작되면서 선수들과 응원단은 흥분과 긴장을 감추지 못했다.

"너는 진짜 남자야."

검둥개가 말했다.

"이제 누가 이기는지는 중요하지 않아."

모레이라가 말했다.

"그러나 결국 이기는 건 나겠지."

"놀랍게도 나 역시 같은 생각이야."

한 목동이 기타를 들었다. 이윽고 현란한 아르페지오

와 함께 마지막 세트의 경기가 시작됐다. 그토록 아름답고 우아하고 뜨겁고 처절하고 마술적인 경기는 없었노라고, 그 경기를 본 사람들은 말했다. 그들은 그 이야기를 언제까지고 퍼뜨리고 다녀서 나라 안에 그들의 이야기를 모르는 사람이 없었다.

검둥개와 모레이라의 바람은 이루어지지 않았다. 적어도 아직은. 놀랍게도 시합은 그날 밤에도, 그 달이 끝나고 해가 넘어가도록 끝나지 않았고, 심지어는 세기를 넘어 아직도 계속되고 있다. 마치 영원히 계속되는 경기를 하기로 정해지기라도 했다는 듯 공격 때마다 서브권은 상대에게 넘어갔다. 장군파의 사령관도 가우초들의 대장도 그 경기를 무효로 만들 수 없었다. 경기를 끝내려면 이기거나 지거나 둘 중 하나여야 했다. 다른 방법은 없었다. 누군가 이제 그만 집에 돌아가고 싶어서 일부러 점수를 줘도 다음 공격에서는 반드시 점수를 따고야 말았다. 이것이 저주가 아니라면 달리 무엇이 저주란 말인가. 아니면 신은 이미 이 경기가 세상이 끝날 때까지 계속 이어지도록 명령을 내렸고 인간은 아무것도 모른 채 섭리를 따르는 것인지도 몰랐다. 그렇다면 따를 수밖에. 선수들은 경기가 영원히 계속되는 걸 받아들일 수밖에 없었다.

경기장 주위에 앉아 있던 군인들과 목동들 중 몇몇은 해골이 된 채 먼지를 뒤집어쓰고 있다. 재빠른 몇몇은 군복과 총을 후손에게 물려줬다. 선수들도 모두 바뀌었다. 지금 그곳에서 경기를 하고 있는 것은 검둥개와 모레이라의 후손, 즉 로로 후니오스와 누에보스 모레이라스다. 한 목동이 앉아 노래를 연주했던 네트 옆에는 대형 스피커가 이들의 영웅적인 승부를 찬양하는 음악을 꽝꽝 틀어대고 있고, 경기장 입구에는 검둥개와 모레이라의 모형 앞에서 관광객들이 사진을 찍을 순서를 기다리며 줄을 서고 있다.

— 필리페 두라노 『사랑과 전쟁의 나날』

마이브리지의 카메라가 달리는 말의 네 다리를 허공에 못 박은 순간 카메라는 모든 운동에 죽음을 선포한 셈이었다. 즉 카메라는 정착액이 영상을 필름에 고정하듯 운동을 순간에 고정했다. 카메라의 탄생 이후로 운동은 분절되고 박제화됐다.

운동의 죽음은 세계의 죽음이었다. 그리고 카메라의 발명은 무효화할 수 없는 사건이었으므로, 세계의 부활은 다른 식으로 도모되어야 했다. 그리고 그 임무는 살해 도구인 카메라의 몫이었다. 그리하여 한때 죽음의 도구였던 사진—초기에 어린이의 초상 사진이 병사한 아이들을 모델로 했다는 점을 기억하자—은 이제 자신의 혐의를 부정해야 했고 그것은 스스로 생명을 증명함으로써 이루어졌다. 그래서 영화는 사진에 곧이어 발명됐다. 처음에는 운동이 다시 새 생명을 얻은 것처럼 보였다. 하지만 그것은 죽음 뒤의 완전한 부활이라기보다는 타천사의 (거의 연극에 가까운) 복권에 가까웠다. 왜냐하면 영화 속의 운동은 이후에는 한없는 완벽에 근접해갔음에도 불구하고 최초에는 기술력의 부족으로 자신의 태생적 한계라는 원죄를 감출 수 없었기 때문이다. 부활이 가리키는 것은 오히려 죽음이었다.

현대에 이르러 기술의 발전은 너무도 눈부셔서 카메라는 현실을 현실보다 더 현실처럼 보이도록 한다. 고속 촬영은 운동을 분절시키는 동시에 증폭함으로써 과현실을 만들어낸다. 펑! 고속 촬영 기술이 표준화되고 보편

화된 만큼 그 시선은 문명과 문화에 내재돼 있다. 운동의 주인마저 자신의 운동을 객체화-타자화해서 바라보는데, 족구를 비롯한 모든 운동선수들은 자신의 눈과 체성감각 대신 모니터에 나타난 모습으로 자신을 상상한다. 결정적인 장면에서 한없이 느리게, 그것도 몇 번이나 되풀이되는 슬로모션으로, 거의 무용과 마찬가지의 동작으로 이루어진 현대 족구라는 작품 속의 하나의 삽화로 자신을 그려보는 것이다.

— 릴런드 앳킨스 『로코모션』

　　관중은 선수를 욕한다. 선수는 심판을 욕한다. 심판은 협회를 욕한다. 협회는 관중들을 욕한다. 관중들은 선택을 강요받는다. 이 빌어먹을 족구를 사랑하기를 그만둘 것인가. 아니면 모든 것이 자신들의 잘못이라고 거짓 자백을 할 것인가. 그들은 이 양자 선택에서 억지를 부린다. 그들은 이제 심판을 욕한다. 모든 것은 심판의 잘못이다. 그들이 경기를 망쳤다. 그들이 선수를 망쳤다. 그들이 족구를 망쳤다. 심판은 입을 다문다. 사실 그들이 한 것이라고는 경기 규칙에 따라 호각을 불고 신호를 보낸 것밖에 없다. 그리고 정말 족구를 망친 자들은 팔짱을 낀 채 이 사태를 내려다보고 있다. 그들이 팔짱을 푸는 건 계산기를 두드릴 때뿐이다.

— 미셸 위페르 『검은손 여단』

하나의 프로 족구 클럽에 필요한 것들은 다음과 같다. 한 명의 감독. 네 명의 주전 선수와 열 명가량의 후보 선수. 한 명의 공격 코치. 한 명의 수비 코치. 한 명의 팀플레이 코치. 한 명의 배터리 코치, 한 명의 수석 코치. 열 명 이상의 2군 선수. 2군 감독. 두 명 이상의 2군 코치. 기록원. 경기 관리원. 매니저. 보조 매니저. 홍보 요원. 한 명의 사장. 사장의 비서. 홍보실장. 홍보실 직원 몇 명. 총무실장. 총무실 직원 몇 명. 기획실장. 기획실 직원 몇 명. 관리실장. 관리실 직원 몇 명. 의료실장. 의료실 직원 몇 명. 클럽하우스 관리인. 클럽하우스 주방장. 클럽하우스 시설 관리자. 장비 담당자. 그리고 한 명의 구단주와 그의 비서. 적어도 세 명의 운전기사. 클럽 홍보 이사. 클럽 총무 이사. 클럽 재무 이사. 클럽 재정 위원회의 고문 다수. 클럽 운영 위원회의 고문 다수. 클럽 기술 위원회의 고문 다수. 그리고 다수의 치어리더.

선수들은 이 모든 사람들을 먹여 살리기 위해 가슴과 등과 팔뚝과 엉덩이와 종아리와 두 발을 스폰서에게 빌려줘야 한다. 어떤 팀의 유니폼은 F1의 머신을 연상시킨다. 그들의 유니폼에는 너무나 많은 광고가 붙어 있어서 설령 운 좋은 누군가가 그 안에서 선수의 이름을 찾아낸다 하더라도 그게 광고인지 아닌지 구별하기 어려울 것이다.

— 히카르두 로하 『사각의 정글에서』

세상 모든 일이 그런 것처럼 족구도 두 얼굴을 갖고 있다. 우리는 족구에 진실과 거짓이 있다는 것을 알고 있다.

족구는 빛과 어둠을 동시에 갖고 있으며 이것으로 선과 악을 동시에 행할 수 있다.

족구는 가장 밝은 곳에서 가장 추악한 죽음을 당했다가 가장 어두운 곳에서 가장 숭고한 모습으로 부활할 수도 있다.

족구는 삶과 죽음을 한자리에 있게 하니까.

족구는 만인의 사랑을 받으면서도 그 누구의 이해도 얻지 못할 수도 있다.

족구는 경기장을 가득 메운 관중의 응원가에 있을 수도 있고 누군가 나지막이 읊는 시에 있을 수도 있다.

기자와 시인과 소설가와 앵커와 디자이너와 스타일리스트와 애널리스트와 평론가들은 족구를 찬양할 수도 있고 혹은 찬양하는 척하며 물어뜯을 수도 있다.

수많은 족구가 있지만 그것들 중 어떤 것은 가짜다. 진짜 족구와 가짜 족구를 구별하는 일이 쉬웠던 적은 거의 없다. 만약 그 둘이 어떻게 다른지 아직 모른다면 그건 진짜 족구를 한 번도 본 적이 없기 때문이다.

족구에 대해 말하는 건 상자 안의 고양이에 대해 말하는 것과 같다. 말하기 전까지는 그 생존을 짐작할 수 없다. 그러므로 족구에 대해 말하려는 사람은 구명과 살해를 동시에 행하는 것과 마찬가지다. 족구에 두 얼굴이 있는 건 바로 그 때문이다.

— 리누스 반에이크 『라인과 라인과 라인들』

현대 족구에 대해 말하는 건 결코 쉬운 일이 아니다.

현대 족구가 너무도 거대하고 광포하고 모호해서 누구도 그 정체를 알지 못하기 때문이다. 그것은 인간이 만든 모든 거대한 것들이 그렇듯이 처음에는 사람에 봉사하기 위해 만들어졌지만 나중에는 사람이 자신에게 봉사하도록 만들었다. 그와 같은 다른 예로는 전쟁, 카드회사, 바그너의 음악, 테크놀로지 등이 있다.

— 로버트 헤즈윅 『소실점을 향하여』

그 무엇도 족구 시합이 계속되는 것을 막을 수는 없다. 찌는 듯한 더위도 발가락이 얼어붙는 추위도, 태풍도, 부족한 산소도, 천둥과 벼락도 족구 시합을 막지 못한다.

만약 신이 경기를 중단시키고 싶어 할 때는 지주를 부러뜨린다. 그러나 족구는 스스로 예비 물품을 준비할 줄 알고, 그래서 신이 중단시킨 경기를 다시 시작할 줄도 안다.

한번 시작한 경기는 결코 멈추지 않는다.

관중석이 무너져도 경기는 계속된다. 남자와 여자, 그리고 아이들이 경기장 계단에서 깔려 죽어도 경기는 계속된다. 만약 그들이 한꺼번에 경기장으로 쏟아져 내리면 그 순간은 잠깐 멈추지만 환자와 시체를 실은 구급차가 경기장을 떠나고 경찰이 폭도들을 소탕하고 나면 거기에 다시 족구가 강림한다. 심지어 족구는 방금 전까지 자신을 위해 봉사하던 선수가 죽어 쓰러져도 계속된다. 벤치에는 또 다른 선수가 있으므로.

— 로이 헤이든 『족구에 관한 99가지 이야기』

시성이 눈을 떴을 때는 아직 깨어나지 못한 사람들이 몇 명 더 있었다. 그중 몇몇은 영원히 깨어나지 못했다.

그들은 산꼭대기의 헬리콥터 착륙장을 지키는 군인들이었다. 그 헬리콥터 착륙장은 족구를 하기에 딱 맞는 곳이었고 사실 반경 50킬로미터 내에 족구를 할 수 있는 유일한 곳이기도 했다. 그러니 경비대가 그곳에서 하루라도 족구를 하지 않기란 불가능한 일이었다. 비가 오건 바람이 불건.

"당신은 번개에 맞았습니다. 전기가 당신 온몸을 지나간 겁니다."

의사는 그의 몸에 퍼진 얼룩을 가리키며 말했다.

"하지만 그날은 비도 오지 않았는데요."

"그런 일도 있는 법이지요."

사고 몇 달 뒤 시성은 팔이 아파서 병원을 찾았다. 의사는 모든 검사를 끝내고 진맥을 한 후에 팔을 자르면 4년을 더 살고 자르지 않으면 한 달 안에 죽을 거라고 했다. 그래서 그는 더 큰 병원을 찾았고 거기서 같은 말을 듣고는 팔을 잘랐다.

한쪽 팔밖에 없는 시성은 군대에서 제대했다. 사람들은 그를 외팔이라고 불렀다. 시성은 팔이 하나밖에 없었지만 그래도 족구를 꽤 잘했다. 1년 뒤 시성은 남아 있던 팔이 아파서 병원을 찾았고, 이번에는 다른 병원을 찾아다니지 않고 바로 그 병원에서 팔을 잘랐다. 병원에서 나온 그는 몸이 낫기를 기다려서 다시 족구를 했다. 1년 뒤 다리가 아프기 시작했을 때 그는 다시 병원을 찾았다. 그가 한쪽 다리를 자르고 휠체어에 앉아서 경기장에 돌아오자 사람들은 그를 관중석의 제일 좋은 자리에 앉혔다. 다시 1년 뒤 그는 남은 다리 하나를 잘랐고 이제는 누군가의 도움 없이는 경기장에 올 수조차 없었다.

시성은 이제 남은 시간이 1년밖에 없다는 걸 알게 됐

지만 더 이상 족구는 할 수 없었다. 그는 하루에 두 번 몸을 일으켜 떠먹여주는 밥을 조금 먹고 나머지 시간에는 계속 천장을 보며 누워 있었다. 시성은 팔다리가 없는 몸으로 1년을 더 산 뒤에 심장마비로 죽었다.

— 루이첸 『저녁 빛』

14

    내가 GP에 있었던 건 대략 10년 정도였다. 10년. 프로라면 유망주가 스타플레이어가 되고 노장이 되었다가 은퇴를 생각할 만한 시간이다. 그동안 모두 일곱 켤레의 족구화를 갈아 신었고 생각나지 않을 만큼 많은 팀을 상대했다. 그중에는 자주 맞붙은 팀도, 딱 한 번 경기한 뒤 다시는 만나지 못한 팀도 있었다. 훌륭한 선수들이 있는데도 어느 날 갑자기 사라진 팀도 있었고 실력은 보잘것없지만 꾸준히 유지되는 팀도 있었다. 그들은 모두 네트 너머에서 내 플레이에 어떤 식으로든 영향을 미쳤다. 아마 나 역시 그들에게 뭔가 영향을 주지 않았을까.

팀에서 제명된 이후로 일요일마다 족구장을 떠돌아다녔다. 그저 족구 경기를 보기 위해서였다. 어떤 시합은 치열했고 어떤 시합은 한가롭고 여유로웠다. 서로 호흡이 맞지 않아 짜증 난다는 듯 인상을 쓰는 사람들도, 끝날 때까지 웃음을 멈추지 않는 사람들도 있었다. 내가 경기장 근처에 오래 앉아 있으면 다가와 함께 하겠느냐고 물어오는 사람들도 있었다. 그러나 두 번 정도 거절하면 다시는 묻지 않았다.

언젠가 기회가 된다면 다시 족구를 하고 싶지만, 지금은 그저 경기장 밖에서 지켜보는 것으로 만족한다. 라인 밖에서 바라보는 족구는 안에서 뛸 때 느끼던 것과는 달라서 스포츠라기보다는 풍경처럼 보인다. 빛이 쏟아지며 부서지고 그림자가 일렁이는, 선수가 흘러가고 공이 떠가는 풍경. 그런 것들을 멍하니 보고 있자니 문득 아버지 생각이 났다. 어쩌면 그날 아버지도 이런 풍경을 보고 계시지 않았을까.

내기가 걸린 경기도 아무렇지 않게 볼 수 있다. 돈이 걸렸을 때 더 진지해지고 성실해지는 사람들이 있다는 것도 이제는 이해한다. 어떻게 생각해보면 그들은 진지한 경기를 위해 돈을 내는 것이나 마찬가지다. 수천 년 전 족구의 전사들이 제단에 공물을 바치고 시합에 임했듯 이들도 각자 자신의 공물을 바치는 것뿐이다. 족구의 순수를 되살리기 위해 그들은 자기에게 소중한 무언가를 걸고 있다. 그렇게 해서 아주 잠깐이기는 하지만 족구는 최초의 모습으로 되살아난다. 이제 그 누구도 플레이를 보이콧하지 않고 인과 아웃에 억지를 부리지 않는다. 어떤 플레이도 허투루 낭비되지 않고 한 점 한 점이 소중해진다. 돈이 걸린 순간부터 그들은 자신의 직업, 출신, 수입 따위를 잊고 족구 선수로 변신한다. 이들을 이렇게 순수하게 만드는 것은 바로 돈이다.

돈이 걸렸든 걸리지 않았든, 족구는 똑같다. 서브를 하고 공을 리시브하고 공격수에게 띄우고 상대 코트에 공을 꽂는다. 점수가 올라가고 한 세트가 끝난다. 세트가 쌓이면 경기가 끝나고 경기가 끝나면 곧 다음 경기가 시작된다. 그리고 모든 경기가 끝나면 선수들은 각자의 집으로, 직장으로 돌아간다. 선수들이 돌아가면 빈 경기장만 남는다. 마치 아이들이 돌아가고 난 다음에 텅 빈 운동장만 남는 것처럼.

빈 경기장은 많은 생각을 하게 한다. 오래도록 그 자리에 매달려 있어 탄력을 잃은 네트는 여기저기 구멍이 뚫린 채 바람에 조금씩 부서져간다. 방금 전까지 선수들이 뛰어다니며 남긴 발자국도 조금씩 지워진다. 여기에 족구가 있었다. 그리고 앞으로도 있을 것이다. 이전과는 다르지만 여전히 똑같은 족구가. 아버지도 안 감독도 현일도 여기에 있었다. 나도 여기에 있었다. 아버지가 족구를 하셨다면 수비가 어울리셨을 것이다. 상대의 회심의 공격을 성큼성큼 걸어서 막아내고 아무렇지 않은 듯 원래 위치로 돌아가셨을 것이다. 안 감독은 지금도 어딘가에서 어떤 식으로든 족구를 하고 있을 것이다. 시골 학교의 족구부를 이끌고 있을지도 모르고, 외국인 노동자를 대상으로 하는 일요 족구 교실에서 땀을 뻘뻘 흘리면서 강습을 하고 있을지도 모른다. 아니면 버섯전골을 나르면서 족구를 생각하고 있을지도 모른다. 과묵한 그는 아버지와 함께 든든한 수비 라인을 펼쳤을 것이다.

현일은 아마 앞으로도 계속 족구를 할 것이다. 부상도 나을 것이고 그러면 다시 주전으로 복귀할 수 있을 것이다. 새 기술을 익히면서 점점 더 강해질 것이다. 그리고 세터가 올려주는 공을 보면서 내가 10년 동안 그에게 올려주던 공을 문득문득 떠올릴 것이다. 그리고 언젠가 다시 만나 함께 족구를 하게 되기를 바랄지도 모르고.

그리고 나는.

15

"네가 카를로스라는 걸 알고 있었어, 이 반 깜둥이야. 잘난 체하지 마."

금니가 카를로스 쪽을 향해 침을 찍 뱉으며 말했다.

"정강이가 박살 나고 싶지 않으면 네트 근처에는 얼씬도 하지 않는 게 좋을 거야, 꼬마야."

이번에는 그 옆에 있던 뱀 가죽 부츠가 말했다. 하지만 카를로스는 동요하지 않았다.

"당신들은 깡패로군요. 내게 그런 건 통하지 않아요."

"하. 아주 배짱 있는 꼬마군. 안 그래? 그럼 네 엄마가 지금 어디 있는지 우리가 안다면 어떻게 할래?"

"넘어가지 마, 카를로스. 저런 식으로 협박하는 게 저 녀석들 특기야. 네 가족은 걱정하지 않아도 돼. 이미 시합이 시작되기 전에 다 손을 써놓았으니까."

사라가 끼어들었다.

"넌 빠져, 이 암캐야."

"너야말로 당장 입 다물지 않으면 지난주에 네 똥구멍에 무슨 일이 있었는지 장내 방송으로 떠벌려주지. 그건 어때?"

"입 닥쳐. 한 마디만 더 나불댔다간 너희들 중 아무도 이 경기장을 살아서 빠져나가지 못할 거다."

금니가 셔츠를 슬쩍 들어 올리자 권총 손잡이가 보였다.

나는 족구 소설을 쓰고 있다. 족구 소설이기는 하지만 우리가 하는 그런 족구와는 조금 다르다. 선수들도 보통 선수들이 아니고 플레이도 정상적인 플레이가 아니다. 주인공들은 족구 비밀결사의 단원들이다. 그들은 족구를 수호한다는 알 듯 모를 듯한 사명을 띠고 암흑의 지하 족구장에 섰다. 여기서 그들은 족구를 말살하려는 터무니없는 적들을 상대해야 한다. 그들의 상대는 때로는 비열한 범죄자들이고, 때로는 소림사의 무공승들이다.

"이번 서브는 받기 어려울 것이오. 차라리 피하기를 권하오."

"허풍은 그만두고 빨리 공이나 차시지."

진레이가 두 손으로 공을 움켜쥔 채 몸을 둥글게 말았다. 저런 자세로 도대체 어떻게 서브를 넣겠다는 것일까.

"청룡파산靑龍破山!"

기합 소리와 함께 갑자기 그의 몸이 돌면서 서브를 했다. 공은 네트 위로 넘어오는 것 같더니 갑자기 사라졌다. 그리고 비명과 함께 사라가 뒤로 쓰러졌다. 도대체 무슨 일이 벌어진 걸까.

"사라!"

나도 모르게 몸이 사라 쪽으로 달려갔다. 그러면서도 눈으로는 계속 공을 찾았다.

"위!"

팬텀이 소리쳤다. 그제야 지하 경기장의 천장 조명까지 솟아오른 깨알만 한 족구 공이 보였다.

때로는 약물중독의 미치광이들이기도 하고,

"저건 반칙 아냐?"
"여기엔 반칙 같은 건 없어."
내 혼잣말에 사라가 대답했다.
그때 관중석에서 환호성이 터져 나왔다. 상대 공격수가 주사기 두 개를 들어 보인 것이다. 주사기 속에는 녹색 액체와 보라색 액체가 들어 있었다. 그는 눈을 감은 채 주사기를 목 양쪽에 하나씩 찌른 뒤 주사액을 쑥 밀어 넣었다. 다시 눈을 뜬 그는 아까와는 전혀 다른 사람이 돼 있었다. 피부색도, 표정도, 몸집도.
"저건 뭐지?"
옆에 다가온 팬텀이 굳은 목소리로 대답했다.
"저건…… 악마의 기술이야. 저 녀석은 자신의 목숨을 버릴 생각인 거야."

혹은 최고의 스타플레이어들이기도 하고,

　카를로스의 공격이 또다시 막혔다. 한 명뿐이라면 모르지만, 제아무리 카를로스라고 해도 군네르손과 페드로 두 명의 협력은 뚫어낼 수 없었다. 이 둘이야말로 세계 최고의 선수들이다. 녀석들의 발놀림과 몸놀림은 TV에서 보던 것보다 더 빠르고 현란했다. 웬만한 프로 선수의 공격은 막을 수 있다고 자신해왔지만 이번에는 사정이 달랐다. 그들은 웬만하지 않은 선수들이니까. 그들은 프로 중의 프로이고, 언더그라운드와 오버그라운드를 합쳐 가장 뛰어난 선수들이다. 도대체 저런 페인트를 어떻게 간파한단 말인가. 보고 있는 것만으로도 눈알이 팽팽 돌아갈 지경인데. 만약 눈이 쫓아가서 몸이 반응이라도 하려 하면 공은 어김없이 반대쪽으로 날아온다. 저런 발로 페인트를 세 개씩이나 걸어오면 슬로모션으로 잡아도 놓칠 수밖에 없다. 그를 상대하던 수비들이 왜 항상 그렇게 멍청해 보였는지 알 것 같았다. 이제는 그들을 멍청이라고 욕하면 안 되겠다고, 나는 세 번이나 연속해서 같은 코스로 공격을 허용하면서 생각했다.

때로는 사이보그이기도 하다.

이대로라면 2세트를 잡을 수 있다. 가능성은 충분하다. 그러면 3세트까지 가서 아까와 같은 패턴에 약간의 변형을 가해 플레이하면 된다. 아무리 녀석들이 기계 인간이라고 해도 분명 약점이 있다. 그리고 이제 막 그 약점을 찾은 것이다.

"카를로스!"

사라는 공에 또다시 불규칙 스핀을 넣었다. 내가 봐도 방향을 가늠할 수 없었다. 그녀도 공이 어디로 튈지 알 수 없을 것이다. 그런 공을 차낼 수 있을 정도의 감각을 가진 선수는 세계적으로 손에 꼽을 정도밖에는 없을 것이다. 그리고 우리의 공격수는 그들 중 하나다. 카를로스의 발이 공을 맞혔다. 이번에도 공은 전혀 예상하지 못한 곳으로 날아갔다. 아무리 녀석들의 움직임이 좋아도 저건 절대로 쫓아갈 수 없다. 공을 쫓아가던 수비수가 앞으로 고꾸라지려 했다. 그런데 고꾸라지는 모양이 조금 이상하다 싶더니 수비수가 뻗은 다리가 몸통을 거쳐 머리에 연결됐다. 공은 발끝에 아슬아슬하게 걸려 코

트 안으로 들어왔다. 이 기발한 묘기를 보고, 관중석에서
천둥과 같은 함성이 터졌다.

"변신 로봇이었단 말인가!"

앙드레가 벌떡 일어나며 소리쳤다.

이야기가 나아갈수록 차례로 더욱 강한 적들이 등장
할 것이다. 주인공 자신들의 복제 인간들이 등장해 거울
과 같은 플레이를 펼치기도 할 것이고,

"잊었나? 나는 바로 너 자신이야."

"너는 내가 될 수 없어!"

천사들이 등장해서 날개를 이용한 고공 공격을 할 것
이고,

"모든 어둠은 사라지리니. 아르마 베리타스!"

"눈을 가려! 이 빛은 눈을 감아도 소용없어!"

외계인들은 공에 에너지를 실어 지구를 파괴하려고

할 것이다.

"이따위 별, 한 번에 날려버리겠어!"
"그 전에 이거나 막아보시지! 받아랏, 원기옥!"

옛 여자 친구가 이 소설을 읽게 된다면 이렇게 말할 것 같다. 여전히 이런 걸 쓰는구나. 족구라니. 내가 알기로는 그거 TV 중계도 안 하고 경기장도 별로 없는 마이너한 스포츠인 것 같은데. 국가 대표니 족구 월드컵이니 하는 것도 다 허구인 거지? 왜 이렇게 황당한 이야기를 쓴 거야?

그럼 나는 이렇게 대답하겠지. 나도 잘 모르겠어. 아마 족구에 뭔가 있는데 그게 뭔지 알고 싶어서 족구 소설을 쓰는 걸 거야. 이 이야기가 엉뚱한 건 알지만, 나는 이렇게 쓰는 방법밖에는 모르니까.

"써니보이. 자네 거기 있나?"
"응."
나는 팬텀의 손을 잡았다. 몸이 식어가고 있었다.

"아무것도 안 보여. 무슨 일이 일어난 거지?"

"라이트가 꺼진 것뿐이야."

"언제부터 이렇게 경기장이 추워진 거야?"

"그러게 진작 타이츠를 입으라고 했잖아."

사라는 울음을 터뜨리지 않으려고 입을 막았다.

"경기는 어떻게 됐지?"

"우리가 이겼잖아. 잊었나?"

카를로스는 우는 소리를 들키지 않으려고 입을 벌리고 있었다. 그의 일그러진 얼굴에 눈물과 콧물과 땀과 침이 범벅이 되어 흘렀다.

"아무래도 난⋯⋯ 잠깐 자야겠어. 미안한데, 아내에게 좀⋯⋯ 전해주겠어?"

팬텀의 호흡이 점점 짧아졌다.

"오늘 저녁은⋯⋯ 좀 늦겠다고."

"전해주지."

허공에서 흔들리던 팬텀의 손이 바닥에 떨어졌다. 의무 요원이 그의 손목에서 맥박을 짚더니 고개를 저었다. 팬텀을 실은 들것이 경기장을 빠져나가자마자 난 코트로 돌아왔다.

"뭐 하려는 거야?"

"경기를 계속해야지. 뒤는 맡겨. 나 혼자서 모두 막겠어."

"이 경기는 포기해야 해. 그러다 당신까지 죽겠어!"

족구는 공을 차서 상대방 코트로 넘기기만 하면 되는 간단한 스포츠다. 누구나 두 다리만 있으면 족구를 할 수 있다. 하지만 그게 전부는 아니다.

족구가 사람이라 한다면 우리는 언젠가 어디선가 족구와 마주친 적이 있다. 족구는 우리에게 뭔가를 주려고 하지만 우리는 바빠서, 혹은 그게 어쩐지 별 필요 없는 것 같아서 받지 않고 그 자리를 떠난다. 그리고 언제든 그곳에 다시 가면 족구를 만날 수 있을 거라고 생각한다. 그런데 나중에 다시 가보면 그 자리에는 족구 대신 다른 것이 서 있다. 우리는 언젠가 다른 곳에서 족구를 다시 만날 수 있을 거라 생각하지만 그런 일은 일어나지 않는다. 대신 점차 기억이 흐려지며 그때 만났던 것이 무엇이었는지, 뭔가 만나기는 했는지 의심하게 된다. 그리고 마침내는 그런 일은 없었다고 생각하기로 한다.

족구가 내게 주려고 했던 것이 뭔지 모르지만 내 소설의 주인공들은 그걸 알고 있는 것 같다. 그들은 빛 하나 없는 절망 속에서 상상을 초월하는 강적들을 차례차례 꺾으며 족구를 지키기 위해 앞으로 나아간다. 그 길은 아득히 멀어 보이지만 그들에게는 함께 헤쳐나갈 동료들이 있다. 어쩌면 그 길이 바로 족구가 내게 보여주려 한 것일지도 모른다.

부디 우리가 함께 그 길을 끝까지 갈 수 있기를.

작가의 말

군 생활 3년을 화곡동에 있는 1공수여단에서 한방 군의관으로 보냈다. 분기에 한 번씩 낙하산을 타고 훈련 때 의무 지원을 나가는 걸 제외하면 대체로 조용한 나날이었다.

의무대는 특임대와 같은 건물을 사용했는데 특임대는 늘 훈련으로 바빴기에 건물 옆 보도블록이 깔린 공터의 족구장은 대개 의무대 차지였다. 우리(여섯 명의 군의관을 포함한 간부와 의무병, 앰뷸런스 운전병까지 더해 족구를 하기에는 충분한 인원이었다)는 점심시간마다 족구를 했다. 가끔은 자갈 깔린 공수교장에 올라가 막타워 아래서 축구를 하기도 했지만 족구를 할 때가 훨씬 더 많았다. 그때를 생각하면 제일 먼저 족구가 떠오르고 족구를 생각하면 햇빛이 내리쬐던 그 공터가 생각난다.

이 소설을 쓰기 시작한 건 군대에서 제대한 2004년 무렵이었다. 처음에는 단편으로 시작해서 중편을 거쳐 마지막에는 지금 정도 분량이 됐다. 공모전에 몇 번 보냈었는데 2007년에는 최종심에 올라가기도 했었다. 아직 등단하기 전이었으니까 그때 당선됐다면 이 소설은 내 첫 책이 될 뻔했다. 등단한 건 그로부터 3년 뒤였고 그 후로는 이 소설에 대해 까맣게 잊고 있었다. 고맙게도 위즈덤하우스에서 관심을 보여주지 않았다면 이 책은 세상에 나오지 못했을 것이다.

왜 굳이 족구였을까? 소설이 무엇을 말하는지 분명하지 않다던 당시의 심사평을 떠올려보면 그때도 잘 몰랐던 것 같다. 돌이켜보면 나 역시 화자와 같은 마음이 아니었을까. 거기에 뭔가 있는데 그게 뭔지 모르기 때문에 그걸 알기 위해서 소설로 써야 하는. 사실, 뭔가 쓰는데 분명한 이유가 있을 리 없다.

제대한 뒤로는 딱 한 번 족구를 해봤다. 어느 야유회에서였는데 그때 한 족구는 군대에서 했던 족구와는 꽤 달랐다.

요즘은 축구를 한다. 축구를 하다 보면 좋은 날도 안 좋은 날도 있다. 운이 좋아 팀에 도움이 되는 날은 마음이 가볍지만 그렇지 않은 날은 우울하다. 때로는 다쳐서 절룩거리며 집에 오기도 한다. 그래도 이걸 그만둘 수 없다. 축구에 뭐가 있는 걸까? 그게 궁금해서 몇 년전부터 축구 소설을 쓰고 고치는 일을 반복하고 있다.

2020년 봄
오수완

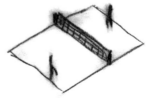

족구의 풍경

초판 1쇄 인쇄 2020년 4월 16일 초판 1쇄 발행 2020년 4월 23일

지은이 오수완
펴낸이 연준혁

편집 2본부 본부장 유민우
편집 7부서 부서장 최유연
편집 김소연
디자인 조은덕

펴낸곳 (주)위즈덤하우스 **출판등록** 2000년 5월 23일 제13-1071호
주소 경기도 고양시 일산동구 정발산로 43-20 센트럴프라자 6층
전화 031)936-4000 **팩스** 031)903-3893
홈페이지 www.wisdomhouse.co.kr

ⓒ 오수완, 2020

값 13,000원
ISBN 979-11-90786-21-8 03810

이 도서의 국립중앙도서관 출판시도서목록(CIP)은 서지정보유통지원시스템 홈페이지(http://seoji.nl.go.kr)와 국가자료공동목록시스템(http://www.nl.go.kr/kolisnet)에서 이용하실 수 있습니다. (CIP 제어번호: CIP2020014633)